名人妙对

王士祥 编著

中原出版传媒集团
中原传媒股份公司

大象出版社
·郑州·

图书在版编目(CIP)数据

名人妙对 / 王士祥编著.— 郑州 ：大象出版社，
2015. 10 (2018. 8 重印)
ISBN 978-7-5347-8527-6

Ⅰ. ①名… Ⅱ. ①王… Ⅲ. ①对联—作品集—中国
②故事—作品集—中国 Ⅳ. ①I269 ②I247. 8

中国版本图书馆 CIP 数据核字(2015)第 179888 号

名人妙对

MINGREN MIAODUI

王士祥 编著

出 版 人 王刘纯
责任编辑 管 昕
责任校对 裴红燕 安德华
书籍设计 王莉娟

出版发行 大象出版社(郑州市开元路 16 号 邮政编码 450044)
发行科 0371-63863551 总编室 0371-65597936
网 址 www.daxiang.cn
印 刷 郑州龙洋印务有限公司
经 销 各地新华书店经销
开 本 890mm×1240mm 1/32
印 张 8
字 数 151 千字
版 次 2015 年 10 月第 1 版 2018 年 8 月第 8 次印刷
定 价 20.00 元
若发现印、装质量问题，影响阅读，请与承印厂联系调换。
印厂地址 新密市大隗镇
邮政编码 452383 电话 0371-66397799

前言

对联是中国特有的文化样式，内容涉及广泛，几乎在我们的生活中时时处处可见。对联和春联不完全一样，我们可以说春联是对联的一种，但不能说对联就是春联。据说春联起源于后蜀孟昶，是五代十国时期的事情，但对联则要早得多。

中国古代诗文发达，诗文讲究形式美。特别是音韵学出现之后，文人们更注重对仗，比如刘勰的《文心雕龙》基本是用对偶句写出来的，单独摘出来自然就接近对联。举个例子吧，《原道》篇中有“日月叠壁，以垂丽天之象；山川焕绮，以铺理地之形”，对得很工整，实际上这不就是对联吗？

四六文和律诗中这样的“对联”俯拾皆是。四六文又叫骈文，讲究的就是四六对仗。以隋朝李谔为例，他在《上隋高祖革文华书》中指责当时的文风是“连篇累牍，不出月露之形；积案盈箱，唯是风云之状”。他说的是不错的，可是我们别忘了，李谔这句话本身也是用四六对句写出来的。再以“诗圣”杜甫为例，杜甫的近体诗是后世学习的标本，他的律诗对仗达到了极致，大家熟悉的那首《登高》诗，无论是“无边落木萧萧下，不尽长江滚滚来”，还是“万里悲秋常作客，百年多病独登台”，哪一个不是标准的对联呢？所以，对联在中国有着深厚的文化土壤。

对联的用处很多，比如春节来了，我们会在门口粘贴“锣鼓咚咚辞旧岁，歌声阵阵庆新春”“春满人间歌声阵阵，福临门第喜气洋洋”一类的春联，表现佳节的喜庆气氛；比如我们去佛教场所，经常会看到弥勒大殿有这么一副对联“大肚能容，容天下难容之事；开口常笑，笑世间可笑之人”，让我们感受到了弥勒佛的心胸与智慧。

工作压力大的朋友喜欢用旅游减压，几乎在每一个景点都能看到对联，或概括景点的特征，或歌颂历史人物的功绩。中原文化厚重，人文景观众多，其间有无数名联值得玩味，不妨随我神游一番南阳诸葛庐和内乡县衙。在南阳卧龙岗有一副对联：“收两川，摆八阵，七擒六出，五丈原设四十九盏明灯，一心只为恩三顾；取西蜀，征南蛮，东和北拒，中军帐按金木土爻之卦，水面偏能用火攻。”这是诸葛亮出山后的主要功绩，也是人们对诸葛亮最真诚的纪念。

内乡县衙是我国目前保存最完整的古代县衙，1996 年被列为国家重点文物保护单位。在县衙里有一副对联是这样说的:“得一官不荣,失一官不辱,莫说一官无用,地方全靠一官;吃百姓之饭，穿百姓之衣，莫道百姓可欺，自己也是百姓。”这副对联以浅显的语言揭示了官民关系，表现出了传统文化对当代社会所具有的积极意义。

对联可以根据不同的需要完成不同的情感表达，或嘲讽，或戏谑，或劝谏，或自勉，总之，以其方便灵活成了文人交往的一种比较重要的方式。我们经常可以在对联中领会到奇情妙趣，特别是那些和名人有关的对联故事，尽管有时可能不一定是真实的，但依旧能让我们想象到故事主人公的风神。书中所选择的故事主人公都是大家所熟知的，这也是对题中“名人”的具体落实。

编这本书并非为了单纯讲故事，而是在讲故事的过程中融入我对学习、生活、处世的理解。我记得一次课堂上讲对仗，我没有直接用那么多概念，什么字数相等、词性相同等，而是讲了苏轼智对辽使的故事，同学们就理解了对仗的特点。在讲这个故事的过程中，我讲了什么是恕道，什么是文化的力量，这是对联故事本身所蕴含的。所以，希望大家在通过这本书了解名人对联故事的同时，能有所收获，而不是仅仅把它当成一本消遣娱乐的小书。或者说，我希望大家能够在乐中学、学中乐。

这是我的期待！

真诚地请读者朋友们批评指正！

王士祥

2015年2月10日

目录

孔明妙对小周郎…… 001
女童感动武则天…… 006
孟郊对句讽钦差…… 012
欧阳修联中藏智…… 018
苏轼代友对主考…… 024
苏轼妙对振国威…… 030
苏轼禅门对佛印…… 036
贬谪因联得妙趣…… 041
东坡山谷得雅趣…… 047
苏小妹因对显才…… 053
秦观联对娶佳偶…… 058
明皇联对获才俊…… 064
朱元璋因对重才…… 070
明太祖助民为乐…… 077
刘伯温对联言志…… 083
善对莫因年岁小…… 089
出口才能见高低…… 095

解缙妙对震京城…………………………………………… 101
唐寅联对显才情…………………………………………… 107
唐寅妙联对高朋…………………………………………… 113
小于谦妙对见才…………………………………………… 120
金圣叹苦心联对…………………………………………… 126
松龄妙对讽狂生…………………………………………… 132
对联虽小用途大…………………………………………… 139
乾隆帝对联选才…………………………………………… 146
联对始知天子真…………………………………………… 152
乾隆妙对走民间…………………………………………… 158
君臣联对显才学…………………………………………… 165
妙联常乐帝王心…………………………………………… 171
纪晓岚妙用对联…………………………………………… 177
对联三难纪晓岚…………………………………………… 183
处处留心皆妙对…………………………………………… 189
板桥对联多妙用…………………………………………… 195
板桥联对明爱憎…………………………………………… 201
蒋士铨联降鬼恶…………………………………………… 207
名满关东第一人…………………………………………… 213
蜀中才子李调元…………………………………………… 219
李调元严谨成对…………………………………………… 226
对联频频显气格…………………………………………… 232
任公傲对封疆吏…………………………………………… 238
后　记………………………………………………………… 245

孔明妙对小周郎

历史记载，刘备带领关羽、张飞三顾茅庐，终于用真诚打动并请出了卧龙先生诸葛孔明，这为他今后成就帝业打下了坚实的基础。但是，诸葛亮辅佐刘备之初，刘备无论是军事实力还是势力范围都不怎么样，可以说处于绝对弱势。当年，刘备和曹操在许都煮酒论英雄，曹操说当时天下能称得上英雄的只有刘备和自己，结果把刘备吓得筷子掉到了地上。至于这么紧张吗？因为刘备知道，曹操这个人不是省油的灯，他不会让自己发展起来的。后来，曹操果然率兵一直追赶刘备。

不过，刘备被曹操追得到处躲藏时，已经从隆中请到诸葛亮做军师了。诸葛亮也知道，单凭刘备手下那几个人难以抵挡曹操，于是就出主意：我们应该和江东孙权结盟，兵合一处，将打一家，那样就有希望打败曹操了，至少我们损失不会太大。刘备也知道自己根本不具备和曹操单挑的实力，于是对诸葛先生言听计从，就派他到江东和孙权谈结盟抵抗曹操的事情，这才有了诸葛亮舌战群儒借东风的故事，也才有了诸葛亮和周瑜的对联故事。

当时，孙、刘两家能否结盟，大都督周瑜起着关键作用。也就是说，能拿下周瑜，结盟的事也就成了一大半。于是，诸葛亮就把主攻的方向放在了周瑜身上。可是，周瑜年轻气盛，没把被追得若丧家之狗的刘备等人放在眼里，因此表现得很傲慢。想想也是，年纪轻轻就掌管了江东的军事指挥权，放谁那儿也都会多少有些骄傲。周瑜觉得诸葛亮是代表刘备来求东吴的，自己不能太跌了身份，所以表现得很高调、很傲慢。

怎么高调、傲慢呢？周瑜要揭诸葛亮的短。诸葛亮是出了名的美男子，《三国演义》中这样形容诸葛亮的长相："身长八尺，面如冠玉，头戴纶巾，身披鹤氅，飘飘然有神仙之概。"可是他夫人黄玉英那长相着实有些意外。据说，黄承彦老先生见姑娘大了，就托人为姑娘找婆家。男方一听说是黄承彦的姑娘，那叫一个高兴，因为黄老先生是当地名流，有才，所以他的女儿肯定是差不了的。当小伙子提着彩礼来到黄家时，一看黄玉英那背影真不赖，可是等到姑娘一转身，小伙子惊呆了，用网上曾经流行的一副对联说就是"看背影急煞千军万马，猛回头吓退百万雄兵"。其实，黄承彦先生曾经给姑娘取过一个小名，叫阿丑，从这个小名就能猜到黄承彦这女儿长得有点意外。黄玉英虽然长相有点儿丑，但非常有才，诸葛亮也正是看中了黄玉英的才能，所以才和她走进了婚姻的殿堂。

俗话说："打人不打脸，骂人不揭短。"这个周瑜有些不厚道，他竟然要拿诸葛亮妻子的长相开玩笑，只见他不紧不慢地说：

> 有目也是𣍐，无目也是丑，去掉𣍐边目，加女便成妞。隆中女子生得丑，百里难挑一个妞。

"𣍐"和瞅见的"瞅"是一个意思，是"瞅"的另一个写法，去掉目字旁不就成"丑"了吗？"丑"是丑陋的"丑"。丑陋的"丑"加个女字旁就成了"妞"字。周瑜说诸葛亮的妻子长得出奇难看，百里难挑一个，那简直是丑到极致了。

诸葛亮一听，心想：周瑜你有点儿不像话了，但又不能拍桌子骂娘啊，毕竟求着人家呢，不能把正事给搞砸了。那怎么办呢？既然你显得那么有文化，咱也得当个文化人；既然你拿我妻子说事，得了，我也拿你妻子来回敬你吧。想到这里，诸葛亮微微一笑，说：

> 有木也是桥，无木也是乔，去掉桥边木，加女便成娇。江东美女数二乔，难保铜雀不锁娇。

诸葛亮倒是省事，直接套用了周瑜的格式，就是把内容换了换。

诸葛亮用了三个字，桥梁的"桥"，乔装的"乔"，这俩字读音一样，所以说"有木也是桥，无木也是乔"。

桥梁的“桥”去掉木字旁加上女字旁就成了娇贵的“娇”，“娇”经常用来形容年轻美丽的女性，比如戏曲里经常用“女娇娘”。诸葛亮接下来回敬周瑜说，要说江东的姑娘谁最漂亮，那只能是大乔、小乔，说不定曹操就会把“二乔”给掳走，安置在铜雀台上，也来个金屋藏娇。

诸葛亮这话说得也够狠的，为什么这么说呢？大凡看过《三国演义》的都知道，大乔、小乔可不是一般人。大乔是孙权的哥哥孙策的夫人，小乔是大都督周瑜的夫人，当年周瑜和孙策攻打宛城，城破得乔公二女，这俩姑娘长得一个比一个漂亮，于是就每人娶了一个，这是当时人尽皆知之事，可是诸葛亮却装作不知道周瑜和“二乔”啥关系，先猛夸“二乔”漂亮，可是接下来话锋一转，开始使坏了。

曹操打败袁绍之后，在邺地建了个铜雀台，这将来就是曹操养老的地方。诸葛亮那意思是说，曹操听说“二乔”长得漂亮，所以他打算通过这场战争，把“二乔”掳走，安置在铜雀台上，侍奉自己。《三国演义》里也有这个情节，当时诸葛亮对周瑜说：曹操有个宝贝儿子叫曹植，写了一篇文章《铜雀台赋》，其中有两句“揽二乔于东南兮，乐朝夕之与共”，你看曹操用心多么险恶啊！所以，曹操追我们到这里的目的是为了“二乔”。你要不相信的话，你用个小船把这俩姑娘给曹操送过去，曹操保证立马退兵。其实诸葛亮回敬周瑜的下联也就是这个意思。

那你想周瑜能答应吗？周瑜于是一拍桌子说：“曹操

你太欺负人了，我跟你不共戴天，打吧！”得，本来想恶心诸葛亮呢，反而被诸葛亮把怒火给激起来了，这样孙刘联盟结成，在赤壁发动了一场大战，大败曹操，形成了三分天下的局面。

女童感动武则天

武则天是中国历史上一个了不起的女性，也是中国历史上唯一的一个女皇帝。当年刘邦的皇后吕雉那么厉害都没敢在刘邦驾崩后称帝，而武则天却不然，生生改了李唐王朝的国号，自己当起了皇帝。这举动可谓空前绝后。武则天也不是一般人，能进宫光靠长得漂亮是不行的，还得有才。比如她曾经用一首诗作为圣旨命令百花在寒冬腊月开放，最后牡丹因为抗旨被贬到了洛阳。武则天还喜欢有才的人，比如宋之问就得到了武则天的青睐。有一次在洛阳龙门，武则天让大臣们写诗来描写眼前的美景，谁先写好就赐给谁一领锦袍。那时，谁能得到一领锦袍那是无上的荣耀。东方虬先写好的，武则天倒是说话算话，真赐给东方虬一领锦袍。东方虬很高兴，还没坐下呢，宋之问也写好了，交给武则天一看，文理俱美，不仅形式好，而且有内容。武则天打心眼里更喜欢宋之问这首诗，于是那么大一个女皇当了一次无赖，把刚才赐给东方虬的那领锦袍又要了回来，赐给了宋之问。再比如，上官仪的孙女上官婉儿的才能也是武则天发现的。

有一天，女皇武则天在上殿的时候发现几位大臣在交头接耳，高一声低一声地说什么女神童。武则天虽然贵为皇帝，但好奇心重，于是就问："各位爱卿，刚才你们说的女神童到底是怎么回事？"一位大臣见女皇发问，不敢隐瞒，赶紧走出来回答说："回禀陛下，是这么回事，在臣的老家宣化府有一对姐妹，被人们称为神童。"我们前面说了，武则天是个爱才的人，一听说是女神童，还是两姐妹，眼前不由得一亮，就让这位大臣说仔细点。大臣领命，说："陛下，这两个女童年岁都不大，姐姐十三岁，妹妹刚刚九岁。两姐妹随父亲读书识字，聪明过人，不仅有过目不忘的才能，而且能诗善对，出口成章，就连她们的父亲也经常自叹不如。所以，我们老家那里的人都说这两个女童是天才。"

武则天听这位大臣讲完，仿佛一下子回到了自己的童年，自己当年不就是这样吗？于是对那位大臣说："爱卿，你能否把这两个女童召来？朕想见见她们。"大臣一听，那敢情好啊，看来这家上辈子烧高香了，要不怎么会有这么大的福报呢？受高高在上的皇帝召见，这情况不是太多啊！说不定自己还会因为这件事得到推荐人才的美名呢，于是赶紧向皇帝许诺保证完成任务。

这位大臣写了一封书信，让手下的工作人员快马加鞭赶到宣化府，宣化府的长官找到这家人，向他们说明了情况。当姑娘的父亲得知详情之后，也感到很意外，不敢抗旨不遵，于是很高兴地答应了。姐姐带着妹妹跟随京城来的人，马不停蹄地返回京城洛阳。武则天改了国号之后都城设在洛阳，称神都。

这位大臣在上朝的时候把两姐妹带到身边，并向女皇武则天作了汇报。武则天一听喜出望外，夸赞这位大臣做事雷厉风行，这位大臣自然像喝了蜜水一样高兴。其实武则天做事情更是雷厉风行，很少拖泥带水的。武则天马上下旨，传两姐妹上殿。姐妹二人在这位大臣的带领下进了金銮殿，俩孩子长这么大没见过这阵势，姐姐显得很拘谨，妹妹则不然，东张西望，简直像是到了集贸市场一样，觉得什么都新奇好玩，所以俩大眼睛就不够用了，还不停地指给姐姐看。

武则天一看，喜欢，这就是孩子，显得那么真实，不像大臣们见了自己唯唯诺诺连大气儿都不敢出。为了显示自己对两姐妹的喜爱，更主要的是为了不让俩孩子害怕，武则天不仅没有让她们跪拜磕头，反而还主动走下来，拉着两个孩子的手问长问短："多大了""家里过得好吗"。姐姐毕竟大几岁，显得有些矜持，妹妹总是用银铃般的声音抢话，性格对比鲜明。聊着聊着，武则天一手拉着一个小姑娘离开了大殿，把殿里的大臣晾到了那里。

三个人来到殿旁的长廊下，看见御沟旁有一个和尚正在摘荷花。武则天信佛，她曾经在感业寺出家当过尼姑，曾经出资修建龙门石窟的卢舍那大佛，曾经下令重修白马寺，曾经写过《开经偈》，所以在皇宫里出现和尚也是很正常的事情。武则天看见这个和尚在摘荷花，觉得有趣，于是对姐姐说："朕以此为题出一上联，你来对如何？"姐姐抿着嘴点了点头。武则天慢悠悠地吟道：

河里荷花，和尚摘去何人戴？

就从这个上联我们就能发现，武则天的确很有才，她不仅写出了眼前看到的景象和心中的疑问，而且更关键的是一句话用了四个谐音字，河水的"河"、荷花的"荷"、和尚的"和"、何人的"何"，所以要想对出下联，特别是对于一个孩子来说，难度还是不小的。

姐姐举目四望，她要寻找下联的素材。这个时候，她耳中听到了悠扬的琴声，原来有人在弹奏，于是姐姐眉头舒展，嘴角微微露出了一丝笑意，怯生生地对出了下联：

情凝琴弦，清音弹给青娥听。

此联也是四个谐音字，情感的"情"、琴弦的"琴"、清音的"清"、青色的"青"。一个是武则天看到的，一个是小姑娘听到的，一个是问句，一个是答句，都很切情切景，真是妙趣横生。武则天对小姑娘的回答很满意，当然也很佩服小姑娘的才情。

三人边吟对子边往前走，没走多远，眼前出现一座照壁，上面雕刻着一组战争题材的浮雕，刀法细腻。武则天端详片刻，低下头非常和蔼地对小妹妹说："姐姐对过了，该你了，我要用这组浮雕出个上联，你能对吗？"小姑娘一点也不害怕，说："你能说，我就能对。"武则天点点头，说"好"，然后指着照壁上的浮雕说出了上联：

冰冻兵车，兵砸冰，冰碎兵车动。

这一次一句之内出现两组谐音字，"冰"与"兵"，"冻"与"动"，其中"冰""兵"出现了三次，而且还存在因果关系。因为冰把兵车冻住了，所以士兵们要砸冰；因为把冰砸破了，所以兵车又能滚动前行了。客观地说，这个难度比上一个还要大一些。可是没想到，别看孩子年纪小，还真聪明，脑袋瓜灵活，眼睛眨了几下，就对出来了：

龙卧隆中，隆兴龙，龙腾隆中升。

此联也是把"龙""隆"两个谐音字用了三次，而且用了"隆中对"的典故，这里的龙既可以指卧龙先生诸葛亮，也可以指三顾茅庐的刘备。所以，武则天听后，不由得赞叹一声："果然是个神童啊！"

赞叹完之后，武则天脑海里突然冒出个想法，她想把这个小妹妹留在宫中。武则天是这样想的，如果给她指定名师指导，这样聪慧的小姑娘将来肯定是不可多得的人才。想到这里，武则天蹲下身来，满脸爱惜地抱住小妹妹说："你小小年纪就有如此高的天分，朕想留你在宫中深造，你可愿意？”这对于很多人来说是巴不得的机会，早就跪地上磕头谢恩了，但是小姑娘脸色阴沉，她看了姐姐一眼，低头不语。姐姐也对面前这位既和蔼又威严的女皇所问的话感到惊慌失措，不知道怎么回答是好。

武则天伸出手，抚摸着小姑娘的脑袋说：“不要迟疑，你现在就可以赋诗一首和姐姐告别了。”这就是圣旨。小妹妹强忍着眼泪，抬头看着天空，几只大雁飞过，小姑娘即景赋诗一首：

天空云骤起，鸿雁竞双飞。

所嗟人异雁，不得一行归。

小姑娘念诗的时候，已经有些哽咽了，念完眼泪吧嗒吧嗒顺着面颊流了下来。小姑娘的意思是说，自己听到女皇的话忽然感觉天空阴云密布，大雁本来是成双成对飞行的，我为什么就和大雁不一样呢？和姐姐一块儿来到宫中，却要让我留下，这不是要把我们拆散吗？

武则天多聪明啊，一听就知道这孩子是借大雁说自己不想和姐姐分开，不想留在宫中，再看看小姑娘泪眼婆娑的样子，怪可怜的，也有点于心不忍。把原本自在飞翔的小鸟关在笼子里，也不一定是好事。于是，武则天慨叹一声，让人带上厚礼把两姐妹送回家了。

孟郊对句讽钦差

孟郊，湖州武康（今浙江德清）人，一生落魄不堪。他与大诗人韩愈齐名，两人并称“韩孟”。孟郊的诗写得不错，只是遣词造句过于悲凉，苏轼说他“诗从肺腑出，出辄愁肺腑”。有的人甚至一听到孟郊的名字，脑海里马上就会出现一首诗《游子吟》：

慈母手中线，游子身上衣。
临行密密缝，意恐迟迟归。
谁言寸草心，报得三春晖。

这首诗许多幼儿园的小朋友都会背，就字面意思来说表现出了母子情深，很多学校经常拿这首诗进行亲情教育。

孟郊是中唐时期的才子，但是其父亲死得早，从小家里生活条件就很艰难。俗话说，穷人的孩子早当家，孟郊立志要通过读书学习参加科举考试出人头地，所以他读书很用心，完全可以用“头悬梁，锥刺股”来形容。学不学差别就是大，通过勤奋学习，孟郊明显比同龄人见多识广，成了当地的小才子，很多人甚至以认识孟郊为荣。

有一年冬天，朝廷为了安抚地方百姓，就派钦差巡视各地了解民情，到武康县的钦差是个略上点年岁的太监。自从“安史之乱”中肃宗皇帝身边的太监李辅国崛起之后，尤其是掌握了兵权之后，太监在朝中的地位越来越高，皇帝经常会把一些重要的任务交给太监去完成。别管太监是不是皇帝的家奴，他走到哪里大家都还是很给他面子的，因为他离皇帝近啊。他虽然不能让你当上更大的官，但他想让你没官当还是能做到的。再说了，钦差身份是代表皇帝的，地方官有几个敢不把皇帝当回事啊！所以，武康县的县令为了迎接这个太监钦差，忙得不亦乐乎，恨不得把全县的老百姓都调动起来组成啦啦队，好在钦差面前充面子，这样好让钦差有机会在皇帝面前替自己美言几句。

钦差身穿红袍，象征性地和乡亲们见了个面，大概问了几句生活怎么样一类的话，就钻进轿子里随县太爷到县衙吃饭去了。孟郊就在迎接的人群当中，他跟其他人一样，第一次见朝廷里派来的钦差，所以随着人群赶到县衙看稀罕。开饭之前，县太爷陪着钦差大人坐在县衙的大堂上聊天，一副文绉绉的样子，显得聊天内容很高深。看稀罕的老百姓都挤在大堂门口，伸着脖子瞪着眼听。县太爷和钦差也是人来疯，见这么多人看他们，觉得很得意，很有面子，为了显摆自己有学问，老说些子曰诗云的话。

一般的老百姓拳头大的字认识不了三五个，县太爷和钦差这一显摆还真把大家给闹蒙了，不知道俩人说的什么意思，于是纷纷问孟郊。这样一来，孟郊临时给大家当起了翻译。孟郊很热心，你只要问他就回答，人群中不时传来大家对小孟郊的赞叹声："这孩子懂得真多。"这下就引起了县太爷和钦差的注意，俩人一看，一个身穿绿色破烂衣衫的小孩子在摇头晃脑地给大家解释他二人说的话。县太爷很生气，我们俩这个年龄，这个小孩子竟能理解我们说的话，这显得我们也太没有水平了吧！于是眼睛一瞪，恶声恶语地训斥孟郊说："去去去，哪里来的小叫花子，真扫雅兴！"

小孟郊正兴致勃勃地给大家解释呢，冷不丁被县太爷吼了这么一嗓子，也惊呆了，但是孟郊反应很快，他灵机一动，假装四处张望寻找什么东西，嘴里却说："耳畔忽闻有犬吠。"大家一听全笑了，孟郊胆子也真够大的，竟敢把县太爷比作狗。县太爷脸色憋得铁青。

这个时候，钦差站起身，来到人群附近，看着破衣烂衫的孟郊，阴阳怪气地说："小叫花子，你竟敢藐视县令，就从你刚才那句话来看还是读过几天书有点水平的，不过你别得意，我要考考你，我出个上联，你如果能够对出来，我就在这里请你吃饭，如果对不出来，我就不客气了，判你个侮辱朝廷命官的罪名，打断你的狗腿。"

孟郊一点也不害怕，对对子可是自己的强项，整天读诗、写诗，讲究对仗是最基本的要求，所以点头答应。钦差开口说道：

小小青蛙穿绿衣。

钦差看孟郊穿着一身绿衣服，于是就把他比作青蛙。县太爷听了一副坏笑，大家都替孟郊捏一把汗，也不知道孟郊如何应对。孟郊抬头看着眼前这个肥胖的钦差，穿着一身红色的官服，于是灵机一动，朗声回敬一句：

大大螃蟹着红袍。

大家一听哄堂大笑，人群中爆发出雷鸣般的掌声，人们都为孟郊反应机敏大声喝彩。你不是把我比作青蛙吗？我把你比作螃蟹，还挺形象，讽刺钦差有点横行霸道。不过他这只螃蟹被烧熟了，要不怎么会是红的呢？

钦差本来自恃才高，想羞辱孟郊一番，结果反被孟郊弄了个满面通红。不过有言在先，人家孟郊对出来了，而且还很工整，他也没有办法生气。于是钦差只好阴阳怪气地对县令说："县令啊，我们应该重视人才嘛，等一会儿我们吃饭的时候，给这个小才子安排个位置哦。"县太爷虽然心里不太情愿，但嘴上也不敢说别的，就答应了，就在下位给孟郊安排了个凳子。

饭菜很丰盛，大鱼大肉，杯盘罗列。酒过三巡，菜过五味，钦差又来了精神。他一扭头，看见小孟郊正在聚精会神地吃东西，孟郊哪见过这些美食啊，自然吃得聚精会神。钦差看到孟郊专注吃饭的样子，脑子里又浮现出一个上联，于是又阴阳怪气地开口念道：

小小猫儿寻食吃。

刚才钦差把孟郊比成青蛙，那是因为孟郊穿了件绿色的衣服；这次把孟郊比作贪吃的猫，却是因为他吃饭的样子。不管怎样，总是带着挖苦讥讽，可见钦差心理有多么不正常。钦差说完，没事人似的又继续吃他的饭去了。

小孟郊听钦差这么说，放下筷子，咽下嘴里的饭菜，伸手抹了一下嘴。孟郊发现，钦差手里正拿着一大块骨头有滋有味地啃着，骨头快把一张脸都给挡住了，旁边的县太爷一副谄媚的样子，看着就让人心生厌恶。孟郊不禁想起了《诗经》中的《硕鼠》，那些当官的在其位不谋其政也就算了，还把公共资源想方设法变成私有财产，一味地贪占，而老百姓辛辛苦苦干一年，可能还没吃的没喝的，真是干活的没饭吃，不干活的吃不完的饭，这是什么世道！眼前的钦差和县令一看就不是什么好东西！

孟郊越想越气愤，别看他年纪小，但是所读的儒家经典提倡的价值观已经深深影响了他，所以他对社会有着强烈的责任感。你不是把我比成猫吗，猫逮耗子天经地义，我就把你们比成老鼠算了。想到这里，孟郊朗声答道：

大大老鼠偷皇粮。

没想到这句话一出口，县令大惊失色，钦差大臣也惊得目瞪口呆。原来他们吃的正是救灾的银子，这也是做贼心虚吧。从孟郊的对联中我们能够感觉到，老百姓的眼睛是雪亮的。

欧阳修联中藏智

魏文帝曹丕曾经说文人相轻，但也不是每个文人都这样，还有文人相惜一说，比如欧阳修就十分爱惜苏轼的才能。欧阳修是北宋著名文学家，“唐宋八大家”之一。欧阳修的父亲去世得早，是母亲以芦荻画地教他认字读书的。欧阳修写过一篇《醉翁亭记》，其中的“醉翁之意不在酒，在乎山水之间也”一句童叟皆知。

农村有句俗话叫从小看老，还是很有道理的。欧阳修小时候很聪明，读书也很勤奋，晚上画肚皮，走路画地皮。这是说晚上睡觉的时候他还要把白天学习的内容再复习一遍，古人不是讲不动手不读书吗？他就在肚皮上写出白天学习的东西。走路的时候他也不闲着，背诵已学过的东西，背着背着遇到不太熟悉的地方，就蹲到地上，找个棍棒或者瓦砾之类的东西，在地上书写。如果我们今天也能做到他这一步，肯定门门优秀，想挂科都不容易。也是因为这样，欧阳修在当地赢得了“神童”的美名。不过我们知道，所有的神童都是和勤奋分不开的，天资再聪明，没有后天的努力，肯定是不行的。

有一天，欧阳修在外面玩耍，遇到一位老先生。老先生知道欧阳修勤奋好学，出于爱才，也是为了欧阳修更好地成长，将来在官场上不吃亏，老先生就想教他点东西。于是，老先生叫住了欧阳修，说：“小朋友，我听说你擅长对对子，我给你说个上联你能对出来吗？”欧阳修一来是初生牛犊不怕虎，二来不想放弃学习的机会，于是说道：“请老先生赐教。”

老先生开口说：

齿刚唇柔，刚者不如柔者久，柔能克刚。

老先生非常形象地给欧阳修讲了一个道理，牙齿坚硬，嘴唇柔软，但是牙齿容易脱落，而嘴唇却是与人的生命相始终的，也就是说一个人到了老年可能牙齿都没有了，但嘴唇还在，所以老先生的结论是“柔能克刚”。这完全可能是老先生的人生哲学。这个道理告诉人们，人生在世不一定总是以强硬为主，有时候不妨换换方法。欧阳修自然听出来了其中的道理，躬身向老先生表示感谢，谢谢他提醒自己应该如何处世。

欧阳修稍微停顿了一下，开口说出了下联：

眉先须后，先生还是后生长，后来居上。

老先生手捻须髯频频点头。欧阳修也通过形象的比喻表明了自己的志向。一个人的眉毛从出生就有，而胡子则是成年后才会有的，所以说“眉先须后”。尽管眉毛长出得早，胡子长出得晚，但是眉毛的长度却远远赶不上胡子，这就是欧阳修的结论“后来居上”。欧阳修不仅揭示了眉毛和胡子的生长特点，同时也借“后来居上”表明自己将来会超过别人。总之，这副对联言简意赅，富有哲理，仔细品味，能给人带来启迪。

古人讲究“学好文武艺，货卖帝王家”。对于读书人来说，好好学习的目的就是到朝廷谋得一官半职，通过“占据要路津”光耀门楣。在宋代，当官的常规途径就是参加科举考试。欧阳修也不例外，需要到当时的京城开封参加科举考试。那个时候没有便利的交通条件，我们今天的飞机、火车、汽车之类的交通工具，那时哪有啊，条件好的骑马、骑驴，条件达不到的就步行，可见举子参加考试很艰难。欧阳修也是步行，起早贪黑地赶路，终于赶到了汴京开封城外，可是天已晚，城门已经关上了。古时候是定时关城门的。

守城门的是个老兵，欧阳修恳求他放自己进城。老兵没有什么权力，所以把守城门这点权力发挥得淋漓尽致。不管欧阳修怎么说，他起初就是不答应。欧阳修说：“老哥，我是来赶考的，长途跋涉终于到了天子脚下，城外若有人家我也好借宿，您看这前无村后无店的，只能风餐露宿，一旦身体不适，今年将会留下遗憾。还请老哥垂怜，放我进城吧。”老兵看欧阳修确实是一个风尘仆仆的读书人模样，也有点于心不忍了，声音稍微缓和了一点说：“看样子你是个读书人，要想进城也行，我这里有一个上联，你来对一对，对得出来你就进去，对不出来只好等到明晨开城再说了。”果然是皇城，守城门的老兵都会对对子，看来文化水平还是比较高的。欧阳修见老兵终于松了口，自己也松了一口气，不就是对个下联吗？不在话下。欧阳修满面笑容地答应了，并请守城门的老兵说出上联。这上联是：

开关早，关关迟，放过客过关。

一个“关”字用了四次，前三个字中“开”和“关”是反义词，中间三个字“关”字连用，前六个字中“早”和“迟”也是反义词，第三句中“过”字用了两次。欧阳修听了之后，连想都没想，便说道：“出对子容易，对对子难哪，请先生先对吧。”说完就要过关。

老兵忙说：“读书人，你还没有对出下联呢，怎么就要急着过关呢？再说了，是我让你对下联呢，你怎么又让我先对呢？”欧阳修忙解释说：“老哥，我已经对过了，请放行吧。”老兵更疑惑了：“什么？你对过了，没听到啊！”再仔细一想，恍然大悟，欧阳修刚才说的话已经把下联包含其中了，欧阳修的下联是：

出对易，对对难，请先生先对。

“出”和“对”是反义词，“易”和“难”是反义词，中间三字“对”字连用，第三句中“先”字用了两次，所以非常工整地对住了上联。老兵见欧阳修有才，自己也说话算话，打开城门放他进去了。

欧阳修还是北宋的一代名臣。多年读书学习，儒家的精神成了欧阳修的内在人格，所以他对社会上的一些弊病很不满，但有的时候又有心无力，无可奈何，只能在和朋友们喝酒的时候调侃一下。有一回，欧阳修和朋友们在一起饮酒吟诗，也不知是谁提了一句，再行令换作对联，要求对联的内容要触犯刑律，而且依此所判的罪行要在流放以上。大家觉得有趣，纷纷表示同意。一个人开口说：

持刀哄寡妇，

下海劫人船。

大家说，持刀抢劫，罪行不小。另一个朋友开口说：

月黑杀人夜，

风高放火天。

大家一听，杀人放火那可是大罪。轮到欧阳修了，欧阳修说：

酒沾衫袖重，

花压帽檐偏。

大家问这就是喝点酒逛个风尘场所，怎么会犯法呢？欧阳修解释说，酒助恶人胆，现实中很多坏事都是借着酗酒做出来的；色是毁人恶魔，好色而不淫还行，一旦陷入其中，为筹嫖资，杀人越货也是难免的。所以，酒色是万恶之源，什么坏事都能干出来，何止犯罪啊！这就是欧阳修与他人的不同，别人是看到了恶行的实施，而欧阳修则看到了问题的根源。

苏轼代友对主考

苏轼是北宋的大文豪，诗、词、文、赋无所不精，不管什么写出来都是精品，都能引领潮流，而且还能成为文化名片。比如他到了杭州西湖，一句“欲把西湖比西子，淡妆浓抹总相宜”，使西湖驰名天下，让那些无缘到杭州欣赏西湖美景的人脑海中充满了无穷的想象；再比如他的那首豪放经典之作《念奴娇·赤壁怀古》，虽然自己也知道“人道是、三国周郎赤壁”，并不是真的赤壁古战场，但他也能借之抒发胸中块垒，导致从此有了文、武两个赤壁。

苏轼之所以能够如此，说到底就是因为好学，开卷有益，让他有了大量的知识储备。苏轼这一辈子，有很多和对联有关的故事。在这里需要指出的是，这些故事的真实性未必可靠，但从这些故事中我们可以发现后人对他的喜爱，也只有对喜爱的人我们才会用心编出那么多有趣的故事。

苏轼生活在科举时代。科举就是按照不同的科目进行考试以选拔官吏的方式，类似今天的公务员考试。科就是考试的科目，举就是选举。也就是说，要想当官必须参加科举考试。科举是当时读书人进入官场最主要的途径，作为选拔官吏的科举考试也确实为国家选出了不少具有真才实学的人。

有一次，苏轼随两个学友到江西九江的二门县考试。不是苏轼本人考，是他的两个学友考。第一次出川，本来路就不熟，又加上发大水，三人乘船行进困难，走走停停，路上耽搁了不少时间，所以等到了考场的时候，发现已经迟到了。即使在今天，考试迟到十五分钟以上也是不允许进场的，这是考场纪律。主考官见三人来得这么晚，就打定主意不允许他的两个学友进场考试。

考试可是关乎一个读书人人生命运的大事，地方上的名额拿不到就不能到京城参加考试，那就要等到下一年了。两位考生向主考官苦苦哀求："我们不是故意来晚的，希望主考大人给个机会，学生不胜感激！"苏轼也帮着两个学友说情，一再讲是因为发大水耽误了行程，并不是路上贪玩。主考官看看他们，显得很狼狈，的确像苏轼说的那样，不由得心有些软了。毕竟自己也是科举出身，知道考生的艰难，所以心里就犹豫了：真不行放他们一马？但是让他们进去原则不是没有了吗？

主考官忽然有了一个他认为还算得上两全其美的办法，于是他说："两位学子，这样吧，考试不是老夫的私事，我是替天子选拔人才。我也不把话说得那么绝，我们都退一步，你们要想进考场，得展示一下你们的才能。如果能够证明你们确实是人才，那没说的，进场考试。但是话又说回来，一旦不能证明，我只好对不起了。”证明自己是人才，那怎么证明？两个考生就问：“主考大人，您说让我们怎么展示？”主考官说：“我给你们出一个上联，你们如果能够对出下联就进去，对不出来从哪里来还回到哪里去，不要继续纠缠下去了。”

两个考生一听，这太简单了，对对子是我们日常课程学习的内容啊，平时没少练，这应该难不住！于是脸上露出了喜色，毕竟是有机会了，而且应该不算太难，应该能把握住，于是对主考官说：“请主考大人赐上联。”主考官手捻须髯，半眯着眼睛，慢条斯理地说：

一叶小舟，载着二三位考生，走了四五六日水路，七颠八倒到九江，十分来迟。

两个考生一听傻眼了，哎呦，主考官水平高啊！主考官是在埋怨他们呢：你们坐个小船路上耽搁几天，迟到了，所以我不让你们进考场是有道理的，我这是在坚持考场规则。更让他们傻眼的是，这是数字对。什么是数字对呢？就是对联中按照某种规律嵌进去数字。比如有个穷秀才过年的时候在自家贴了一副对联，这副对联是：

二三四五，

六七八九。

横批是：

缺一少十

上联四个字，下联四个字。明眼人一看就知道了，这个秀才没吃的没喝的过不了年了，衣服的“衣”和数字“一”谐音，食物的“食”和数字“十”谐音，所以横批的意思实际就是“缺衣少食”。

不过数字对的上联一般情况下也就是几个数字，不会把十个数字用完，你得给下联留点。这倒好，你从一用到了十，我难道从十一开始写吗？那成什么了！我用天干地支来对，没见过这样的啊！再说了，上联一般都是仄声结尾，下联结尾都是平声来对，这是规律啊。如果春节贴对联分不清哪个是上联哪个是下联，可以用这个规律来判断：按普通话音调区分，第三声、第四声是仄声，第一声、第二声是平声；一般情况，以仄声结尾是上联，以平声结尾是下联。现在主考官把平声用在了上联，那么下联只能用仄声来对，这明显是没有按照常规出牌啊。所以，要想对出下联还真需要费点心思，苏轼那两位学友你看看我我看看你，额头上可就冒汗了，难道说这次真的要白跑一趟了？

苏轼看到这种情况，真替俩学友着急，你们两个也太不给力了吧，平时学习表现挺好的，怎么在这关键时刻掉链子呢？再看看俩人满头大汗、抓耳挠腮、搜肠刮肚的样子，恨不得拿脑袋撞墙了，让人怪于心不忍的。这时，主考官也看在眼里，心中已有了答案，说："看来你们是答不出来，要不这样吧，你们先想着，对出来给我说一声。"说完转身就要往里走。苏轼被主考官这一转身提醒了，脑子里当时就出现了下联，为什么不能把十个数字倒过来用呢？虽然自己有了答案，但毕竟不是自己考试，自己回答了能不能算数呢？如果主考官进去，就等于拒绝两位学友进入考场了，那可就真的要白跑一趟了。想到这里，苏轼赶紧上前一步，拱手施礼说："主考大人，请留步。"

主考官停下脚步，又转回身来，盯着苏轼。苏轼彬彬有礼地问："大人，我这两位学友一时僵住，并不代表没有才能，考场上因为一时紧张出现这种情况恐怕也不会少见。我这里有一下联，或许能对得上您的上联，但问题是我不是考生，按理来说不能回答您的问题。如果告诉了两位学友，又是对您的欺瞒，索性不如向您请求还是我直接替两位学友说出，您看如何？"主考官也知道考场上经常会出现一些意外，有的考生平时无所不知，到了考场上会因为某种原因脑子临时出现空白，可能眼前这两位举子就遇到这种情况了。

主考官见苏轼古道热肠，为他刚才那番话中所表现出的坦诚感动。更主要的是他想听听苏轼到底怎么对，他甚至有些不太相信苏轼真的能够对出下联，于是点头说："三位学子既然是一块儿来的，自然视同一体，那我就网开一面，不管谁对出来，我都准许两位学子进场考试。这位贤才，你只管对来就是。”苏轼拱手表示感谢！两位学友听苏轼这么说，眼睛一亮，看来有门，于是满脸殷切地看着苏轼，心里想：“子瞻啊，我们两个能不能进场考试可就全靠你了，你可千万别出什么状况啊！”

苏轼见主考官答应了，把心放到了肚子里，也不着急了。苏轼略微沉思了一下，背着手朗声念道：

十年寒窗，读了九八卷诗书，进过七六五个考场，四番三往到二门，一定要进。

这个下联很妙，先说我们读了十年的书了，所读的内容是《诗经》《尚书》一类的儒家经典，当时推行的是以经学治国，考试内容不管是论述还是文章写作，全出自儒家经典，每一个阶段的结业都要举行相应的考试，所以说“进过七六五个考场”，这些都是实话实说。接下来，苏轼又讲这次来考试路上遭遇大水，行程艰难，好不容易才到了考场，最后表明决心，“一定要进”。主考官一听，对得漂亮，频频点头，对苏轼竖起了大拇指。于是，主考官兑现诺言，让苏轼的两位学友进场考试。

苏轼妙对振国威

苏轼才识渊博，行事率真自然，所以结交了很多好朋友。其中有个好朋友叫岑寥，是个和尚。苏轼去世之后，岑寥为他写了一首挽诗：

峨冠正笏立谈丛，凛凛群惊国士风。

却戴葛巾从仗履，直将和气接儿童。

意思是说，苏轼在不同的场合表现出不同的人格特点：如果在官场上，他就是一个不辱使命的官员；回到家里穿上便装，他就是一个和蔼可亲的老人。苏轼在官场上的形象又是怎么体现的呢?

宋神宗年间，国内太平无事，“国际”上也没有什么大的事端，各国交往表面上一片和气。有一年，一个精通汉语的辽国使者来到大宋御都开封，他不仅要完成两国的常规性交往，而且还要掀起一场没有硝烟的文化战争。到底怎么回事呢？这个辽国使者来的时候带了一个绝对，就是只有上联没有下联的那种，上联是这样的：

三光日月星。

虽然只有五个字，但非常难对，这也是个数字对，而且以平声结尾，需要用仄声来对，另外这还是一个问答题，问：什么是三光？答：日月星。既有问题又有答案。辽国人对了一年没有对出下联。“你们大宋朝能对出下联，我们还正常交往，我们多多向你们学习，如果对不出来，以后就别再显示你们的文化优势了，我们就对不起了，还得找合适的时间发动战争，真到那个时候，谁是这个时代的主宰还不一定呢！”

找谁来对呢？这个人选无疑很重要，老先生虽然学问渊博经历丰富，但往往墨守成规，应对这种事情是需要机智的，老先生即便对出下联也未必能在交谈中占到上风。派个年轻人过去？可能脑子灵活应对机敏，但学问底子可能没有老先生好，加上没有那么多经历，也未必能讨到便宜，那样可就有辱国威了。最后选来选去，大家想到了苏轼。苏轼不仅学问好，而且反应快，应该能胜任。宋神宗也觉得苏轼是最合适的人选，于是就拍板了。一道圣旨就给苏轼下达了应对辽使的政治任务。

既然是最高命令，牵涉国家的声威，苏轼义不容辞，领命来到辽国使者下榻的驿站。辽使早就听说过苏轼的大名，但他也不太相信苏轼能够轻易对出，毕竟自己国家的人一年没有对出下联，难道说苏轼比我们全国人都厉害？绝对不可能！所以辽使表现得还有些傲慢。

二人见面，场面上应有的寒暄过后，转入正题。苏轼问："贵使者，不知道需要我对什么对子呢？"辽使说："上联是'三光日月星'，要求是第一个字不能用'三'字，其他数字用几后面就需要出现几种东西对应，比如用'四'字，后面就需要有四种东西。"一般人听了肯定就蒙了，若第一个字用"四"，则后面应出现四种东西，这句话就是六个字，比上联多了一个字；如果用个"二"呢？后面出现两种东西，这句话就是四个字，又比上联少了一个字。反正你不管用哪个数字，只要不用"三"，要么多字要么少字，就是对不齐。对不齐能叫对联吗？这也是辽国人对不出来的主要原因。

苏轼听辽使说完，微微一笑，站起身来到书桌旁。辽使心里一紧张，难道苏轼这么快就有了下联？辽使将信将疑。墨已经研好了，就见苏轼挥笔在准备好的纸上写了一句：

四诗风雅颂。

然后回头看着辽使问："贵使者，您看这句如何，能对得上您的上联吗？"辽使脑袋摇得跟拨浪鼓一样，面露鄙夷地说："苏先生，您第一个字用了个'四'，后面却出现三个，明显对不住啊。"苏轼微微一笑，心里想看来你是精通汉语不精通汉学啊，于是开口解释道："贵使者，您可知道在我们大宋有九经吗？其中有一经叫《诗经》,《诗经》有六艺，风、雅、颂、赋、比、兴，其中赋、比、兴指艺术手法，风、雅、颂指内容，风有十五国风，就是十五个地方的民歌，雅根据音乐分为大雅和小雅，颂包括周颂、鲁颂和商颂。我一雅分为二，也就是说，雅本身是两个，这么一来，您说我第一个字能用'四'吗？"

辽使一听，明白了，苏轼是用了包含关系，妙啊！看来中原大宋人才济济。辽使起身抱拳施礼表示佩服，不过心里想，这也太没面子了吧，在我们国家一年全国人没对上来，结果被苏轼一会儿就搞定了。辽国使者那脸上一阵红一阵白，显得特不自然。这时，窗外电闪雷鸣，大雨倾盆。苏轼灵机一动，用手指着窗外对辽国使者说："贵使者，您看上天也来凑热闹，为您送下联来了。"辽国使者看看窗外，又看看苏轼，一脸的疑惑不解，不就是下雨了吗，这怎么是上天给我送下联呢？苏轼看出了辽使的心思，也不给他打哑谜了，于是说道："上天为您送来的下联是'一阵风雷雨'。"

辽使听了直叹漂亮，苏轼果然机敏，这也太不给面子了，我们全国人没对上来的绝对，到他这儿才多大一会儿啊，竟然"买一送一"。这会儿辽使脸上再也没有了刚才的傲慢，除了佩服好像没有别的词来形容了。可是轮到苏轼不依不饶了：干吗呢？拿个上联到我们大宋王朝找下联，这不是在龙王爷家门口卖矿泉水，关公面前耍大刀吗？我要对不出来是不是以后辽国就发动战争，让老百姓再次生活在水深火热之中啊？国家的尊严我得维护，大宋的气度我得展示，我得让你知道什么叫博大精深，什么叫学问。想到这里，苏轼心中就有了一个绝妙的计划，他要挖个坑让辽使跳进去。

苏轼再次微微一笑，说："贵使者，我这里还有一对，您看可好？"辽使嘴上说着"请"，心里直呼"苏轼你够狠"。苏轼说出的下联是：

四德元亨利。

辽使听完哈哈大笑，说："苏先生不妥，三岁顽童都知道，四德指的是元、亨、利、贞，来自《周易》，您刚才的四诗一雅分为二我很佩服，请问这次哪个字里能包含'贞'？您为什么漏掉'贞'？既然没有'贞'为什么还能叫四德呢？"拿着"贞"字和苏轼打起了笔墨官司。苏轼一听，心想：妥了，要的就是这个结果，辽使这回掉坑里了，我让你爬都爬不出来。

苏轼等辽使问完了，一脸严肃地回答："我们大宋有一种文化现象叫避讳，避先人讳、圣人讳、尊者讳，晚辈不能直呼长辈的名字，大臣不能叫皇帝的名字。您可知道，我朝仁宗皇帝姓赵讳祯，"贞"和"祯"两个字读音相同，只有太上皇、皇太后才能直呼其名。你怎么敢如此大胆，对我朝先皇不敬，直呼我们先皇的名讳呢？”辽使听苏轼这么一说，吓坏了！心想：妈啊，我怎么把这茬儿给忘了，我大呼小叫直称大宋先皇的名讳，这可是掉脑袋的死罪啊。难道出这趟差，脑袋要保不住了？想到这里，额头上的汗珠就下来了。

辽使向苏轼拱手致歉，腿不听使唤老打哆嗦，说着话就要屈膝下跪：“苏先生，请施以援手，我才疏学浅一时疏忽，冲撞了大宋先皇。”苏轼也就是让他知道人外有人、天外有天，也没想置他于死地。再说了两军交战尚且不杀来使呢，更何况现在是和平年代，人家服咱就行了。于是双手相搀，边搀边说：“贵使者不必担忧，我们只是文化交流，并非刻意对先皇不敬，再者来说，我们什么关系？‘两朝兄弟邦’嘛！”得了，又送一个下联。辽国使者也吓傻了。其实苏轼最后说这个“两朝兄弟邦”是平声结尾，没有对住他的上联，他愣是没听出来。

苏轼禅门对佛印

苏轼学识渊博，为人豁达，与方外人士交往比较多，不管是和尚还是道士都喜欢他。岑寥就曾给苏轼写过一首挽诗，可见关系很好。

在苏轼所交往的僧人中，佛印算是知名度最高的。苏轼经常和佛印禅师辩禅。有一回，苏轼和佛印在一起喝茶，问佛印："禅师看我像什么？"佛印说："我看苏学士像一尊佛。"苏轼心里美滋滋的。又喝了一会儿茶，佛印又问苏轼："苏学士看我像什么？"苏轼不假思索地说："我看你像一堆大便。"佛印没说什么，继续品茶。回到家，苏轼很得意地对妹妹说，自己和佛印禅师辩禅胜利了，然后把经过向妹妹介绍了一遍。妹妹说："哥，你输了。佛印禅师说你像一尊佛是因为他心中有佛，所以看你像佛；你说他像一堆大便，那只能说明你心里只有大便。看来人家佛印禅师比你胜出可不止一筹哦。"苏轼一听，可不是嘛，是自己输了。

不过，在二人交往的过程中苏轼并不是总处于下风，也有占便宜的时候。佛印禅师虽然是个出家人，据说不避荤腥，而且最喜欢吃鱼，尤其是红烧鱼。但是也怪了，几乎每次炖的鱼都会被苏轼吃掉，佛印一炖鱼苏轼就来，准得很，后来佛印干脆一想苏轼就炖鱼。有一次，佛印刚炖好一条鱼要吃，听到外面的脚步声，就知道苏轼又来了。这回佛印没打算让苏轼吃，于是就把鱼用磬扣了起来，拿过白米饭和咸菜吃。苏轼一挑帘子进来了，一闻有鱼的香味，可是佛印怎么在吃咸菜呢？这时苏轼发现磬在那里扣着，磬哪有这样放的？哦，下面肯定有内容，鱼在下面被扣着呢，既然扣着说明佛印不想让自己吃！你越不让我吃，我还非吃不可，我就不信吃不到嘴里。

苏轼这就要和佛印斗智斗勇了。佛印禅师很淡定，招呼苏轼一块儿吃饭：“苏学士，一块儿吃点白米饭吧。”苏轼心里想：少来，你用的都是我玩剩下的招儿。但是苏轼嘴上可没有那么说，他说：“禅师，先别急着吃饭，我有件事给你说一下。”佛印放下筷子，问：“什么事？请讲。”苏轼说：“前些日子有位老善人到你这里上香，想让你给他写副对联，你把这件事推到了我头上，还有印象吧？”佛印点头说是有这么回事。苏轼继续说：“我想了想，也没必要写新的，有一副现成的，我觉得给老善人非常合适。”佛印一听很高兴：“那样也好，苏学士不妨说说看是哪副对子。”佛印可不知道，苏轼是醉翁之意不在酒，在乎磬下之鱼也。苏轼说：这副现成的对联是：

向阳门第春常在，

积善人家……

说到这里直挠后脑勺，作出苦思冥想的样子，那意思是把后面的内容给忘了。苏轼边挠后脑勺边往磬边蹭。佛印一看，敢情你苏学士也有掉链子的时候啊，别难为你了，这个对联其实我也知道，还是帮帮你吧：“苏学士，最后那三个字不是‘庆有余’吗？”这个时候，苏轼已经蹭到磬边了，赶紧接过佛印的话说：“什么？磬有鱼？那就端出来吃吧。”说罢便把磬下面扣着的鱼给端了出来。原来苏轼是想通过对联中的“庆有余”和“磬有鱼”谐音，让佛印自己把这三个字说出来。佛印哈哈大笑，用手指点着苏轼说：“好你个苏胡子，可真有你的，原来对联是假，吃鱼是真啊。”这回苏轼占到便宜了。

不过下面这件事苏轼又表现得没有佛印境界高了。苏轼的诗写得很好，有理有趣，甚至一些诗歌还成了僧人们经常念诵的偈子，就是和尚们经常用来阐发佛理的诗歌。据说，苏轼曾经写过一首诗歌，是这样的：

稽首天中天，豪光照大千。

八风吹不动，端坐紫金莲。

苏轼通过这首诗表达对佛的歌颂，佛端坐莲台之上，普度众生。这里的“八风”指世间能煽动人心的八事，分别是得可意事名“利”，失可意事名“衰”，背后诋毁为“毁”，背后赞美为“誉”，当面赞美为“称”，当面讽刺为“讥”，逼迫身心名“苦”，悦适心意名“乐”。我们可以把世间的是非荣辱称为“八风”。苏轼又通过这首诗说自己通过修行，已经具有了佛一样的境界，外界荣辱根本就打动不了自己，那意思是说自己很淡定。

这首诗写好之后，他想让佛印禅师看看，毕竟人家是方外人物，是圈内的大腕。于是他就写到纸上装进信封里，让家人坐船过长江到金山寺找佛印。佛印打开信封看到这首偈子，马上意识到了苏轼的真正意图：想让我夸夸他，说他这首诗写得好，他自己也像佛一样淡定。可不是那么回事啊，诗本身的确不错，但当你让我评价的时候，想法已经落于下乘了，你本来表现的是不为外界荣辱所动，又何必在乎诗的好坏和我的看法呢？

想到这里，佛印拿起笔来在苏轼的诗后边写了两个字，然后一折又装回信封里，递给家人让他交给苏轼。家人回到家中，把信交给苏轼，苏轼问大师如何评价，家人说在信笺上写着呢。苏轼急忙从信封里抽出信笺，他想赶紧看到评语。可是打开一看，鼻子差一点没气歪喽。写的什么？字倒是不多，但很气人，“放屁”。苏轼那个郁闷啊：佛印啊佛印，你当个和尚怎么能爆粗口呢？什么意思啊，敢情我憋半天写了一首诗，就憋出个屁来？太不像话了！苏轼越想越气，不行，我得亲自过去问问佛印，看看我到底哪里放屁了！

于是，苏轼亲自坐船过长江来到金山寺，气呼呼地来到佛印禅师的门口，挑开帘子刚要拍门，苏轼愣住了。怎么回事？原来苏轼发现佛印的禅房门口贴着一副对联。苏轼看了这副对联，一下子明白了，佛印说我放屁一点都不假，还是人家佛印了解我哦。对联是什么呢？

八风吹不动，

一屁打过江。

原来，佛印确实猜透了苏轼的心思，早就猜到苏轼会来兴师问罪，于是就提前做好了准备，在禅房门口贴了这副对联，希望能够点醒苏轼。既然你像佛那样不为外界荣辱所动，为什么让我评价呢？既然你很淡定，为什么我给你写个“放屁”就受不了了呢？你亲自来兴师问罪说明你不是真的淡定，说明你的境界还远没有达到。真淡定的人从来不说自己淡定，不淡定的人才处处去宣扬自己淡定，因为宣传的、炫耀的往往是缺少的。

苏轼多聪明啊，一看就明白了，人家佛印说得对，与其说这是在骂我，不如说这是在指点我，是在帮我修行。真是“听君一席话，胜读十年书”啊，来这趟值了！想到这里，路上憋的一肚子气也没了，于是悄悄地离开了。

贬谪因联得妙趣

苏轼性格耿直，一肚子的不合时宜，所以一辈子没少遭贬。很多人被贬了就一蹶不振、郁郁寡欢，甚至纠结得丢了性命。比如唐代的柳宗元被贬到柳州后，就死在了任上。不过苏轼与其他人不一样，被贬了也能发现生活的美好，日子还得照样过。比如宋哲宗绍圣元年（1094），五十九岁的苏轼被重掌朝政的新党贬到了遥远的岭南，那里是连大雁都飞不到的地方。当年交通条件和通信条件都很有限，贬那么远说九死一生一点也不过分，可是苏轼却说："日啖荔枝三百颗，不辞长作岭南人。"当年杨贵妃为了吃个新鲜荔枝，需要费那么大劲，光快马累死多少匹都不知道。我这多好，吃多少有多少，全是新鲜的，我比杨贵妃幸福多了。这小日子过的，我还真不想走了。其实，这就是一种生活态度，一种旷达的态度，只有如此才能发现生活的美好。

也是在被贬到广东岭南的时候，苏轼为一个流传多年的绝对续出了下联，没有让上联孤独终老。在苏轼到来之前，岭南就有一个只有上联没有下联的对子，为了能够征到下联，有人就把上联刻到了石碑上，立在那里，谁看了都可以对。上联是这样的：

半边山，半段路，半溪流水半溪涸。

这是对岭南环境的描写，一条小溪里一半有水一半没水，将一个“半”字用了四次。大家搜肠刮肚费尽心思也没有对出下联，于是只要有名人来到这里，当地人总要介绍这个上联，希望能有所突破，但不管谁听了，除了摇头，也没有办法对出下联。

苏轼到了广东之后，一次到这里游玩，也被引到了这块刻有上联的石碑前。大家都听说过苏轼的大名，特别是智对辽国使者传为美谈，因此大家都把苏轼当成了“文曲星”转世，觉得苏轼一来，下联肯定迎刃而解，没有问题了。苏轼来到碑前，看到碑上只有一句话，就是那个上联，就问随行的当地人：“一块碑，只一行字？只一句上联？”随行的当地人说是。大家想着苏轼要对下联了，没想到苏轼掉头就走，把几个当地的名流都闹蒙了，什么意思啊？苏学士您倒是对啊！可是苏轼一句话也没有。从此以后，当地人就传开了，耳听为虚眼见为实，大名鼎鼎的苏学士也就那么回事，他对这个上联也是无可奈何，如果能对出来怎么会掉头就走呢？

苏轼对不出这个上联的事情一传就是几百年。一直到了清代，四川才子李调元来到了广东岭南，才最终有了结果，为苏轼昭了雪。李调元在辞赋研究和创作方面是很出名的，所以当地人也像当年对待苏轼那样，把他领到了那块碑前，这块碑阳面被摸得明晃晃的，很多字迹甚至都有些模糊了，看来参观的人不少，但遗憾的是，还是只有一句话。带领李调元参观的当地名流把当年苏轼来参观的事讲给李调元听，李调元觉得以苏轼的才学不可能对不出下联，于是就问："当年东坡先生看到这块碑都说什么了？"当地人说："我听老一辈的人介绍说，苏学士当年就问了一句话。""东坡先生问什么话？"李调元接着问。当地人说："一块碑，只一行字？只一句上联？"

李调元听完笑了："合着这么多年你们一直冤枉东坡先生了，其实苏公早就对出下联来了，只是你们没有听出来罢了。"当地人听李调元这么说，目瞪口呆，连珠炮似的发问："李先生，此话怎讲？苏公当年已经对出下联了？究竟是什么？请明示！别让我们再闷着了！"李调元说："东坡先生已经把下联融到他的问话中了，写出来就是：

一块碑，一行字，一句成联一句虚。

当地人一听恍然大悟，看来真是冤枉人家苏轼几百年啊。你说苏轼也真是的，哪能说一半留一半呢，我们又没有你那样的才学，哪里会猜得到啊，还是明明白白说出来好啊！不过，这样一来大家越发佩服苏轼的才情了，同时也对李调元的洞察力佩服得五体投地。

还是在广东的时候，有一次苏轼从惠州经过小梅关来到江西南安府一带，因为陌生，所以就需要打听一下。他在路上找了个人打听："请问这是什么地方？"对方告诉他是"新城"。苏轼表示感谢，继续前行，脑子里一直想着这个地名，忽然随口念出一句上联：

新城几时旧？

可是再想得出一句下联，困难了，不管怎么苦思冥想，脑子好像锈住了一样。原因是这句上联属于即兴得出，而且里面有一个地名，新和旧还构成了反义词，这样的条件眼下没了。

苏轼脑子里一面搜寻着下联，一面继续前行，很快又到了一个地方，对于苏轼来说自然依旧是陌生的。还是老办法，鼻子下边长个嘴，找个人问问，苏轼看到路边有一位老者在劳作，就停下来询问："老人家，能否给我说说这是什么地方？"老者停下手中的活儿回答说："我们当地人叫浮石。"苏轼大呼妙哉。为什么？因为憋了一路的下联终于出来了：

浮石何日沉？

这个下联确实很贴切，浮石、新城都是地名，所以上下联都带有即兴的特点，上联的新、旧形成了句内反义，下联的浮、沉也形成了相同的结构。再说上下联之间的关系，下联的“浮石”与上联的“新城”形成了地名对应关系，下联的“何日”与上联的“几时”构成了时间对应关系，而且都表示疑问，最后下联的“沉”与上联的“旧”又构成了动词对应关系，虽然“旧”字本身是形容词，但在这里是变旧，自然就带有了动词性。所以说，上下联对得工整别致，相映成趣。真是“踏破铁鞋无觅处，得来全不费功夫”。这件事也告诉我们，很多事情不一定非要急于得出答案，只要留心，答案总会有的。

像这种见景作对的情形，苏轼经历的可不止一次。据说有一次还和大政治家王安石有关。王安石和苏轼在政治上看法有不一致的地方，比如王安石变法期间，就一个科举考试问题，苏轼一年就向宋神宗打了三次报告，说王安石考虑不周。虽然政见有冲突，但并不影响两个人私下的朋友关系，再说了王安石也算是苏轼的老师辈，所以二人私下交往的时候经常会斗嘴。

有一次，王安石和苏轼相约到开封附近的繁台散步踏春，一路走着聊着，还时不时停下脚步欣赏一下眼前的春景，真可以用其乐融融来形容了。突然，王安石看到眼前出现一座房子，不知道怎么回事，房坡有些向东倾斜。王安石就想和苏轼开个玩笑，于是一拽苏轼的衣服，说：“东坡，你看前面的房子，此房东坡斜矣。”苏轼一看，房子确实一边高一边低，但再仔细一琢磨：不对啊，我叫苏东坡，荆公说“此房东坡斜矣”，这是借房子说我呢。不行，我得回敬他一句。于是苏轼快步走上前去，来到房子的跟前，围着房子转了一圈，发现一边根基多垒了一层。民间盖房子，没那么多讲究，乍一看两边一般高，其实一边高一边低。等到王安石赶到房子跟前时，苏轼已经笑着等他了，苏轼笑着说：“荆公可知此房东坡为何斜矣？”王安石摇摇头。苏轼说：“是置安石过也。”王安石一听哈哈大笑，好你个苏轼，真是不吃一点亏，又让你找回去了。原来古人盖房子，根基有用砖的有用石头的，用在房子根基上的石头就叫“安石”。

东坡山谷得雅趣

对联在苏轼这里就是文人进行交往的一种工具。才情、机敏经常在他这里表现得很到位，而且充满了趣味性。苏轼无疑是对对子的个中高手，所有的技巧都能烂熟于胸、运用娴熟，所以很容易发现别人对联中的瑕疵。当时有个叫王琪的年轻人，很自负，一天在竹园中玩赏，看到根根直立的竹子，若有所思，触景生情写了一副对联：

叶垂千口剑，

干耸万条枪。

大家都说王琪这对联好，对得工整，有气势。王琪听了自然很得意，就装裱了一下挂在墙上，并扬言谁能挑出联中一字不合适，有重赏，赠金十两。连着几天过去了，还真没有人挑出什么毛病来，这下王琪更加趾高气扬了，走路昂着头背着手，出气都比别人粗。谁知道苏轼听说这件事了，也来一看究竟，想看看王琪到底写出了什么样高妙的对子。

王琪见苏轼到来，故作谦逊地说：“久仰大名，诚请指点一二。”苏轼开门见山地说：“这副对联字面上确实很工整。”然后苏轼略微停顿了一下，王琪听出来苏轼后面还有话，就聚精会神等着听下面的内容。苏轼接着说：“就是叶子太少了，平均十根竹竿一片叶子。”王琪一听瞠目结舌，满面羞愧，摘下对联扔到了纸篓里。因为王琪是为对联而对联，缺乏最基本的生活常识，一万根竹子只有一千片叶子，平均十根竹竿一片叶子，那也太少了。照他那样写，简直就是丐帮弟子举着打狗棒紧急集合了。

苏轼非常重视人才培养，其实对王琪那样说也是为了让他更好地成才，不能脱离生活。这让人想起了“苏门四学士”之一的黄庭坚，黄庭坚本就是江西才子，还是“江西诗派”的代表人物，那也是大诗人。大文豪苏轼和黄庭坚在一起，秀口随便一吐，就是锦绣文章。

有一回，苏轼和黄庭坚在松树下对弈，苏轼刚放好一个棋子，松树上忽然掉下一个松子，而且不偏不倚地落在了棋盘上。苏轼一惊，捏起松子抬头看了看松树，风吹得松枝摇动。苏轼继续下棋。没过多大一会儿，还是苏轼要落子的时候，一个松子又掉到了棋盘上，仿佛一个调皮的孩子诚心捣乱似的。苏轼拈起棋盘上的松子说：

松下围棋，松子每随棋子落。

说完，看着黄庭坚。黄庭坚心里明白，苏轼这是要他对下联呢。

黄庭坚也是对对子的高手，而且他的诗中也多有妙对，比如他在《寄黄几复》诗中有：

桃李春风一杯酒，

江湖夜雨十年灯。

所以，黄庭坚自然没有放在心上，于是抬起头来四处张望，他得寻找下联的题材。他一眼看见距离他们不远的地方有一条小河，在阳光的照射下显得波光粼粼，河岸上有几棵柳树，清风吹来，枝条婀娜多姿地划过水面，充满诗情画意。在一棵遒劲的柳树下，坐着一位垂钓的老者，就见他握着长长的钓竿，正在聚精会神地看着水面。黄庭坚眼前一亮，这不是现成的题材吗？于是开口说道：

柳边垂钓，柳丝常伴钓丝悬。

苏轼不住地点头。就这样，两个人雅兴高涨，一直到很晚才回家。

还有一回，苏轼和黄庭坚相约郊游。看着满眼芳草，柳絮飘飞，两个人一时忘却了官场的烦忧。很快，红日西坠，晚霞似火映红了不远处的江面。江上渔船来往，渔歌互答，好一幅富有情调的生活图画。黄庭坚触景生情，胸中涌上一联，于是停下脚步对苏轼说：“苏公，想当年曹子建七步成诗，成为千古美谈，你我今天三步一联如何？如果对不出来，就罚他后退七步。”苏轼觉得有趣，就点头答应了。

黄庭坚处于主动，他是有备而来，所以率先开口说了一联：

晚霞映水，渔人争唱《满江红》。

黄庭坚不仅写出了自己眼前所看到的情景，而且还把词牌“满江红”给用进去了，更妙的是满江红也是黄庭坚所看到的景象，或者说是借用词牌的三个字写眼前景，贴切自然，饶有趣味。黄庭坚说完，走到苏轼面前拽着苏轼的胳膊就要往前走。苏轼知道这是黄庭坚要故意使坏，一旦被他往前拖三步对不出来，自己就得后退七步。于是苏轼索性蹲下身来，任你黄庭坚怎么用力，我就是不起来，只要不动地方，就不存在三步对不出来那回事。

黄庭坚见苏轼蹲下身来拖也拖不动，就准备铆足了力气推。苏轼见黄庭坚决意要把他向前推三步，就趁他向前推自己的时候轻轻地往旁边一闪，黄庭坚用力过猛没收住，噔噔噔向前抢了几步，一个趔趄倒在地上，引得旁边的人哄堂大笑。还没有等黄庭坚站起身来，苏轼便吟出了下联：

絮雪飞空，农夫齐唱《普天乐》。

苏轼把漫天飞舞的柳絮比成雪花，当然我们都知道当年谢道韫是把雪比成漫天飞舞的柳絮，苏轼则是反其道而用之。苏轼还把刚才黄庭坚跌倒、大家的哄笑形容成普天乐，而且“普天乐”也是个词牌名。苏轼的下联既和上联相对，又含有戏谑之意。

从这两副对联不难发现，黄庭坚也是对对联的高手。据说有一年黄庭坚到九江游玩，九江的文人都听说过黄庭坚的大名，纷纷慕名与他交往，大家一起饮酒赋诗。一天，几个文人陪着黄庭坚来到一座山脚下，见景色优美，不禁兴致勃勃，邀请大家乘兴登山。等登到山顶的时候，大家发现山上有一块石碑，石碑上刻着一句话：

梳妆楼头，痴眼依依，痴情依依，有心取媚君子，君不恋。

黄庭坚问陪同的当地文人这是怎么回事，有知情者解释说，这附近有一位公子，娶了个聪明贤惠的妻子，可是这位公子风流成性，没事就爱在花街柳巷里逛，经常一进青楼数日不归。妻子耐着性子多次劝说，可是都被公子当成了耳旁风。妻子无奈，又不想让公子沦落，于是说："相公，这样吧，我出一上联，如果你能够对出下联，我就任由你出入风尘场所。可是如果你对不出来，你就得待在家里好好读书，怎么样？"公子原来还是读了几本书的，虽然是一瓶子不满半瓶子晃荡，但也很自负。他认为，妻子是一个女流之辈，还能说出怎样高明的上联，想把我难住恐怕没有那么容易，于是就很爽快地答应了。妻子出的上联就是石碑上刻的那句话。

公子首先为妻子对自己付出的真情感动，自己那样妻子还不离不弃，“痴眼依依，痴情依依”；其次是佩服妻子的才情，没想到妻子能写出这样好的上联，“有心取媚君子，君不恋”，你说她心里得有多苦啊！真情实感，溢于言表，看来妻子是读了不少书啊。感叹完了也傻眼了，公子左思右想就是对不出下联，这也太难堪了，以后有什么颜面见妻子呢？公子越想越纠结，既羞愧又懊恼，因为这事坐下病了，没多长时间，便一命呜呼！临死前，公子把家人叫到跟前，嘱咐给自己立块碑，碑上就刻上妻子出的那个上联，他发誓到了阴间一定要好好读书，一定要对出下联。

看来好好学习是多么重要，要不死了都有压力。黄庭坚听后，也为这个故事所感动，就问这个地方叫什么名字。随行的朋友说，叫延支山。黄庭坚沉吟片刻，念道：

延支山上，落木萧萧，落花萧萧，无缘省识春风，春难留。

大家都佩服黄庭坚学识渊博，反应机敏。公子家人听说大诗人黄庭坚对出了下联，便让石匠也刻在了石碑上。公子若能地下有知，也该瞑目了！

苏小妹因对显才

相传苏轼有个妹妹叫苏小妹，也像哥哥那样有才。如果是个男儿身，苏小妹恐怕也会像哥哥那样名中科第。

古人说“女子无才便是德”，可是读书人没有不希望自己的女儿识文断字的，苏洵就是这样，时时敦促女儿好好读书。苏小妹琴棋书画样样精通，才名远播。这就让很多权门豪贵心向往之，达官贵人王孙公子前来求婚者络绎不绝，能娶到这样的女子进门，多有面子啊。但苏小妹要的是志趣相投，不是说谁家有钱有势就答应了，有貌有财全然不如有才，容貌容易衰老，钱财可以坐吃山空，只有才能才是一辈子的事。所以，虽然来求婚的人不少，却没有一个被相中的。

一天，苏轼的政敌、权臣方若虚向苏轼示好，这是太阳打西边出来了。方若虚递给苏轼几篇诗文，说：“这是犬子的文章，请苏学士过目。犬子听说令妹待字闺中，有意和令妹喜结秦晋。”原来是无利不起早啊，方若虚的儿子看上了苏小妹，想托苏轼给搭桥牵线。苏轼回答说：“方大人，我虽然是哥哥，但妹妹很有主见，我未必能够做得了妹妹的主。”方若虚相信苏轼所说是真的，要不也不会有那么多王孙子弟碰一鼻子灰了。不过，苏轼表示会把诗文带给妹妹看，但最终结果如何全由妹妹自己决定。方若虚也只能同意。

苏轼把方公子的诗文交给了妹妹，在门外等候消息。苏小妹仔细一看哥哥带过来的文章，文辞粗鄙，见地平庸，水平极其一般，直埋怨哥哥不把自己的事放在心上，这都是什么文章啊，也不先替我把把关，怎么能剜到篮子里就是菜呢？后来再想，可能哥哥也有他的难处，别难为哥哥了，自己什么态度干脆直接表明吧。苏小妹拿起笔来在方公子诗文的后面写了一副对联：

笔底才华少，

胸中韬略无。

写好之后退还给了哥哥。

苏轼一看妹妹的批语，大吃一惊，自己和方若虚关系本来就紧张，这不更是没事找事吗？你不满意口头表达一下我代转就行了，怎么还写上了批语。如果原封退给方若虚，恐怕方若虚会找机会给自己穿小鞋。得了，裁掉吧。可是要去裁时，苏轼却又发现妹妹写的批语和正文紧密相连，简直没有办法下剪子，一裁肯定就裁到原文了。这可怎么办呢？那个时候又没有我们今天的涂字灵，涂上去干了就没有痕迹了。苏轼看着妹妹的批语，脑子没闲着，飞速旋转，忽然眼前一亮，有了主意。我为什么不把妹妹的批语添改两个字呢？

打定主意，苏轼拿起笔来开始在废纸上模仿妹妹的笔迹写了起来。苏轼本来就是个书法家，妹妹的字很常见，所以不大一会儿就找到了感觉，完全可以达到以假乱真的程度。接下来，苏轼在妹妹的批语后分别加了一个字，对联变成了这样：

笔底才华少有，

胸中韬略无穷。

把一个原本贬损的对联变成了赞颂之词，整个来了个一百八十度大转弯。

当苏轼把改好批语的诗文退给方若虚时，方若虚一看眉飞色舞，从这个充满无限赞许的批语来看，苏小妹对我儿子有意思啊。苏轼说："您错了，我妹妹压根就没有答应。"方若虚有些不解，既然不答应，为什么对我儿子有如此高的评价呢？苏轼解释说："评价高是因为诗文好，对诗不对人。我家妹妹也知道自己长相丑陋，攀不上令公子。"方若虚认为苏轼骗自己，因为他听说苏小妹长相出众。苏轼说："我妹子长相的确出众，脸长额高。大家说她长得好，不过是抬爱罢了。”

说完把自己和妹妹拿对方相貌开玩笑的诗联拿出来让方若虚看，方若虚一看直咧嘴，亏着是苏小妹没有答应这门婚事，要不嫁到我们家还真有点拿不出手。到底怎么回事呢？原来苏小妹额头比较高，就是我们常说的奔儿头。有一回，苏小妹从后堂出来，苏轼看到了，就和妹妹开玩笑说：

未出房门三五步，
额头先到画堂前。

苏小妹一听不愿意了，当哥哥的怎么能这么说妹妹呢？你要长得好看也行啊，看你那脸长的，恨不得是人家两个人脸的和。自己长那样还好意思笑话我！于是，苏小妹反唇相讥：“哥，我长得丑陋大家都知道，哪比得上你有个性啊。”苏轼问：“我长得怎么了？”苏小妹也来了一副对联形容苏轼的尊容：

去年一滴相思泪，
至今流不到嘴边。

得了，苏轼一咧嘴，一点便宜没捞着。你说长这样，方若虚能高兴吗？

苏轼和妹妹经常拿对方逗乐子。一天，苏轼邀请朋友在门外的石榴树下喝酒谈诗，苏小妹见此情景戏吟一联：

阿兄门外邀双月。

阿兄就是哥哥，双月就是两个“月”字，两个月合到一起不就是个“朋”字吗？苏轼抬头一看，妹妹正靠在窗户边扪虱呢，就是在捉虱子呢。古代条件差一点，不能经常洗澡，所以人们身上很容易生虱子，甚至在六朝时期逮虱子还算得上是一件雅事。苏轼看妹妹在捉虱子，也笑着回了个下联：

小妹窗前捉半风。

“风”字的繁体字“風”去掉左边一撇就是“虱”字。两人的对联都用了拆字的方法，可谓妙趣横生。大家鼓掌叫好。

喝酒不得有下酒菜吗，总不能干喝。苏小妹给哥哥和朋友们端来一盘煮好的咸鸡蛋，当然都是切好的，一个鸡蛋切两半。苏小妹把盘子放到桌上，又吟出一个上联：

剖开舟两叶，内装黄金白玉。

朋友们竖拇指赞叹不已。这又从拆字对改成谜语对了，鸡蛋纵着切开就像两叶小船，里面有蛋清、蛋黄，不就像黄金白玉吗？苏轼一时还真没想出合适的下联来对，脸上显得多少有些不好意思。苏小妹正要讥笑哥哥才疏学浅，忽然一个石榴从树上掉了下来，皮也摔破了，石榴籽撒了一地。苏轼不禁来了精神，立即大声对出了下联：

打破坛一个，中藏玛瑙珍珠。

苏轼把石榴壳比成了坛子，把石榴籽比成了玛瑙珍珠，真是既贴切又风趣。

秦观联对娶佳偶

秦观绝对算得上是个人才，诗词俱佳，而且擅长模仿苏轼的字迹。据说，秦观听说苏轼喜欢到寺庙游玩，而且必要留下文字，于是就在一座寺庙模仿苏轼的字迹写了一首题壁诗，就是把诗歌写在墙上。后来，苏轼果然到了这座寺庙，看到墙上的诗歌迷惑不解，自己是第一次到这个寺庙，怎么会有自己的题诗呢？于是找和尚打听，和尚说是一个叫秦观的书生写的。从此，苏轼记住了秦观的名字。

秦观听说苏小妹拒绝了很多王孙公子的求婚，原因就是她看中的不是钱财而是文才。秦观一想："我也算得上饱读诗书，才学或许能入苏小姐慧眼。再说了我一向敬重'三苏'的人品和文品，如果能够和苏小姐喜结连理，那该多好啊！"想到这里他就准备找人去提亲，但又一想："先别急，苏小妹是不是像大家传的那样有才呢？万一是别人因为敬重'三苏'，故意高抬苏小姐也未可知啊。我还是想办法先亲自试探一下吧，省得弄巧成拙。”

这天，秦观听说苏小妹要到一座道观上香，自己就化装成了一个游方道士，也就是把头发一绾，穿一身黑布道袍，手里拿一个拂尘。古代人头发长，一绾就成了。秦观提前来到苏小妹要上香的道观门口，静静地等候苏小妹。没过多久，一顶轿子停在了道观门口，从轿子里走出来一个妙龄女子，根据传说的长相特点，脸稍长，额头有些高，应该就是苏小妹。他猜得还真不错，来的这个姑娘就是苏小妹。秦观一晃拂尘走到苏小妹面前，诵法号无量天尊，并说出一句上联：

小姐有福有寿，愿发慈悲。

这上一句是祝愿，下一句是请求，意思是我祝小姐福寿双全，请你发发慈悲施舍我一点银子吧。苏小妹见眼前一个年轻“道士”向她化缘，本想给他一些细碎银子，可是细心的苏小妹发现，眼前这个“道士”眼睛盯着自己上下直打量，而且目光里缺乏出家人常见的宁静。苏小妹觉得这个“道士”有些可疑，要么不是个道士，要么是个好吃懒做疏于修炼的道士，这样的人不能惯着！于是改变了主意，把掏出来的银子又放进了口袋，并迈步向大门走去，边走边说：

道士何德何能，敢求布施。

秦观一听，这不是下联吗，用“道士”对“小姐”，用“何德何能”对我的“有福有寿”，用“敢求布施”对“愿发慈悲”，真是工整妥帖。单就这个对联来看，反应可够快的，苏小姐果然有才。

秦观快速几步追上去，又说了一句：

愿小姐身如药树，百病不生。

秦观继续对苏小妹拍马屁，希望能多了解她一点。苏小妹连头都没回，心想：你个心怀鬼胎的“道士”嘴倒是挺甜的，但任凭你怎么说，我是铁定了主意不施舍。于是苏小妹没好气地回敬道：

随道人口吐莲花，半文无舍。

“口吐莲花”本来是佛教用语，后用来比喻口出妙语，也就是我们说的会说话。苏小妹进了道观，但秦观还没有离开。他要再等等，还想和苏小妹再过过招。

这会儿秦观已经打心眼里开始喜欢苏小妹了。秦观对苏小妹的印象是，虽然貌不及才，但也落落大方举止潇洒，就冲刚才那两副对联，列名才女绝对是没有一点问题的。所以苏小妹进入道观之后，秦观才决定再等候一下，好再和她说上几句话。心中有事总觉得时间长，秦观过一会儿就伸着脖子往道观里张望一下，看看苏小妹出来没有。

当苏小妹上香完毕走出道观，准备上轿回家时，秦观又走了上来，开口说：

小娘子一天欢喜，如何撒手宝山。

苏小妹一看，这个人怎么这样呢，死皮赖脸地还没走啊，越发觉得这个“道士”不是个正经人了，于是心里厌烦得不得了，一面弯腰进轿子一面说：

疯道人恁地贪痴，哪得随身金穴。

苏小妹进轿子走了，留下秦观痴痴地想着和她的吟对，只盼能马上和苏小妹成亲。

通过这次别具一格的交谈，秦观认定了非苏小妹不娶，于是也像别人那样将自己的诗文交到了苏小妹手中。秦观的水平在那里搁着呢，所以苏小妹这次没有退回，而是反复阅读，发现秦观的文才极其难得，感情细腻，用词妥帖，不禁心中暗喜，觉得自己的终身大事总算有了着落。就这样，苏小妹答应了秦观。秦观高兴得不得了。等到两人见了面之后，苏小妹发现自己的未婚夫怎么那么像道观门口那个年轻“道士”呢，莫非他是故意假扮道士试探我？好你个秦观，你等着，我非收拾你一次不可。

秦观能得到苏小妹的青睐，只顾得高兴了，哪里知道苏小妹正在秘密酝酿整他的计划。就在新婚之夜，苏小妹温柔地告诉秦观：“夫君文采斐然，但那都是有备而作，今天为妻想看看你的才学和反应，如何？”秦观自恃才高，所以满口答应：“你想怎么试？”苏小妹说：“很简单，我给你出一上联，如果你能答出下联，就请夫君进入洞房，否则请你另觅宿处。”秦观觉得这就是小菜一碟。

苏小妹开口说道：

闭门推出窗前月。

秦观一听，心想：坏了，这个下联不好对，月亮本来就在外面，怎么能推出去呢？只有闭门之后室内见不到月亮才算推出去了。下联必须和这个意境差不多，这可不太好对啊！于是，秦观费尽了心思，在洞房外踱着步转开圈了。时间过得很快，不觉已经过了三更，秦观还没有想出答案，不免有些心烦意乱。可越是这样，脑子越是乱得像一团麻，秦观时而低头沉思，时而仰望夜空，时而略有所悟，时而又喃喃自语。

苏轼读书到深夜，发现秦观还没进洞房，在外面转悠着。找来丫鬟一问，才知道被妹妹难为住了，苏轼心中埋怨妹妹不该如此调皮，大好的日子把新郎拦在屋外，这算什么规矩？为了帮助秦观早点进入洞房，苏轼弯腰从地上捡起一块石子，瞄准鱼缸投了过去。这时秦观正面向鱼缸冥思苦想，忽然被石子丢入鱼缸的声音惊醒。秦观见石子把缸中水底的天光月影打成涟漪，猛然醒悟，冲着洞房高喊自己的下联：

投石冲开水底天。

就见苏小妹打开房门，邀请秦观进入。

秦观进入洞房，看见新娘在灯光下娇羞可爱，更胜白天十倍，幸福之情不禁油然而生，于是开口又吟出一副对联：

微笑吹灯双得意，

含羞解带两痴情。

用“微笑”和“含羞”将新郎与新娘的特殊心情表现得一览无余。

明皇联对获才俊

翻开二十四史可以发现，作为开国皇帝最大的特点往往是识才、重才。因为只有人才才是一个国家安定、发展的根本，至少可以作为皇帝意志强有力的执行者。明朝开国皇帝朱元璋也不例外，他非常重视人才，而且据说有时他通过对联来发现人才。

朱元璋在没有建立明朝之前，整天鞍马劳顿，征战南北，过的是军旅生活。有一次行军途中经过一个驿站，看见一个七八岁的小孩子在驿站里忙前忙后的。朱元璋下马歇息，就把那个忙碌的小孩子叫到了跟前，问他在这里干什么。小孩子说，自己是替爸爸在这里当差的。当时规定，老百姓每年要为当地官府服役若干天的，当然这是不发工资的，是白干，要不怎么叫服役呢？其实就是官府对老百姓的一种剥削。可能是这个孩子的爸爸有什么事，孩子才临时顶替爸爸服役吧。

朱元璋觉得这个孩子挺可怜的，小小年纪就要干一些大人干的体力活，这不由得让他想到了自己的童年。朱元璋出于关心，问道："孩子，你今年几岁了？"孩子边打扫屋里的地面边说："七岁。"朱元璋随口说了一句：

七岁儿童当马驿。

朱元璋就是一句感叹，但没想到的是这个孩子马上接了一句：

万年天子坐龙庭。

朱元璋一听心花怒放，这个孩子可以啊，还会对对子呢，反应可真够机敏的！当时朱元璋还没有建立明朝呢，所以他还不是皇帝，这孩子却说万年天子，这是多么好的祝愿啊！朱元璋觉得，眼前这个孩子很会说话。朱元璋临走时，征得孩子父亲的同意把他带在了身边。

朱元璋建立明朝后，依旧非常体恤老百姓的生活，因为毕竟自己出身下层。为了了解老百姓的真实生活，朱元璋依旧像当年出家时那样，坚持微服私访。他觉得只有这样，才能看到现实中最真实的一面，要不当官的会粉饰太平，专说好听的。有一天，他在南京城内微服私访，走街串巷来到一家酒店的门口。这家酒店生意不是太好，只有一个人在饮酒。朱元璋看这个人的衣着打扮，像个太学生，是个读书人的模样。朱元璋见此人风度潇洒，就有了想交谈的欲望，于是走进了店里，和这个太学生模样的人对面而坐。

那个人见对面坐下个人，很有礼貌地点头致意。朱元璋趁机开口问道："先生是何方人氏？尊姓如何称呼？"秀才见对方主动和自己打招呼，于是很有礼貌地起身回答说："小生四川重庆府郑氏。"原来，这个读书人是重庆的，姓郑。朱元璋随即说出一上联：

千里为重，重山重水重庆府。

说完看着眼前的郑秀才，意思是你能对出下联吗？郑秀才虽然不知眼前之人就是大明的开国皇帝，但发现朱元璋器宇不凡，能把一个"重"字拆成"千""里"，还把"重庆府"给用进联中，就足以证明此人学养深厚。

郑秀才不甘示弱，当然主要是因为他有才，自信难不倒，但又不能反问您是哪里的人啊，那样就太俗了。再说了，他的家乡名字万一不适合拆字不麻烦了吗？郑秀才一想，干脆我就拿京城的形势来答吧。想到这里，郑秀才开口对出了下联，还在不经意间拍了朱元璋的马屁。下联是这样的：

一人成大，大邦大国大明君。

朱元璋听了非常高兴，他之所以高兴不仅是因为对联工整，而且更重要的是颂扬了自己的王朝和作为皇帝的自己。

朱元璋真想告诉郑秀才自己就是皇帝，然后封郑秀才一个官，但转念一想，万一他是蒙的，没有真才实学怎么办？我再试试他。朱元璋一低头，看到桌子下面有一个小木楔，弯腰捡了起来，拿在手中给郑秀才看："先生可以此为题，作诗一首吗？”郑秀才也不客气，让店主拿来笔墨纸砚，稍一沉思，挥毫写道：

寸木原从斧削成，每于低处立功名。

他时若得台端用，要向人间治不平。

朱元璋发现这个秀才确实是个人才，小小一块木楔，竟然能讲出如此的大道理，不仅有立功名的愿望，而且很低调，低调中又不乏高远的志向。“既然他说了，寸木是靠斧子削成的，我就来做那把斧子吧。”朱元璋笑着说：“就冲先生这首诗，马上会飞黄腾达。”说完，与秀才拱手告别。回到宫中，朱元璋马上传旨，封郑秀才为按察使，让他去实现“要向人间治不平”的宏愿。

还有一次微服私访，朱元璋转着转着来到了一座寺庙。因为长年的战争，寺庙已经破败不堪，加上没有人主持修缮，所以里面没有僧人，更不要说有什么香火了。朱元璋毕竟早年出过家，所以就叹息着走了进来。一进门，看到一个憨态可掬的弥勒佛坐像，慈眉善目，光着上身，大肚子腆着，脸上笑呵呵的，好像在和朱元璋打招呼。朱元璋脸上这才有了点笑意，自然写对联的瘾也上来了，于是顺口念道：

开口常笑，笑古笑今，笑古今可笑之人。

朱元璋觉得自己的这个上联与眼前的弥勒佛坐像简直太吻合了，越想越得意。尤其是一个“笑”字出现五次，“笑古笑今”又合并成“笑古今”，简直出神入化！可是要对下联了，朱元璋卡壳了，搜肠刮肚没有合适的下联。

朱元璋为了启发自己对出下联，嘴里不停地重复着上联，可是不管怎么重复，下联就是作不出来。就在他抓耳挠腮的时候，后面传来了一个声音：

大肚能容，容天容地，容天地难容之事。

朱元璋回过头来，抚掌赞叹："妙对。"这时发现后面站着一个生意人模样的人，一问才知道是个酒店老板。在这荒郊野外，这也算是知音了。朱元璋随酒店老板来到他的酒店，边喝酒边聊天，酒店老板还真的读过一些书，对一些问题见解颇为独到。朱元璋返回皇宫后，也是一道圣旨把这个酒店老板传到了宫中，给他安排了一个合适的官位。

朱元璋不仅在民间通过对联发现人才，在自己的子孙中也曾经通过对联考查他们各自的才能。战争年月，太子朱彪去世了，在马皇后的坚持下，朱元璋立朱彪的儿子朱允炆为皇位继承人。但是朱元璋总感觉这个孙子没有什么宏伟的抱负，比如朱允炆曾经写诗说"虽然隐落江湖里，也有清光照九州"，简直就是一个隐士，哪里有帝王的气度啊。为了培养朱允炆的胸怀，朱元璋让他和自己对对子，通过对联提点他。有一次，朱元璋出了个上联：

风吹马尾千条线。

很形象。朱允炆倒是没有怎么思索就对出了下联：

雨打羊毛一片毡。

朱元璋虽然觉得对仗工整，描写也很形象，但还是调子低沉，显得没有什么抱负。朱元璋不禁有些生气，脸色阴沉沉的。

当时四皇子朱棣就在旁边，看到父皇对侄子不满意，也有些紧张。为了博取父皇的欢心，也为了打破眼前尴尬的局面，他向前一步说：

日照龙鳞万点金。

朱元璋连连叫绝。朱元璋喜欢豪放大气的风格，朱棣的下联正合了他的口味。但是，朱元璋从这个下联中也感觉到了自己百年之后的危险性，儿子朱棣大有帝王气象，难道这叔侄还要发生宫斗吗？为了避免不该发生的事情，朱元璋把四皇子安排到幽州守边去了。但朱元璋去世之后，朱棣依旧发动了争夺皇位的战争。

朱元璋因对重才

朱元璋爱对对联和爱惜人才我们在前面已经有了一定的了解，看来对联还是有很多妙用的，只要用好了，不仅能起到事半功倍的作用，而且还显得很高雅。

朱元璋作为皇觉寺的游方僧人，在游方的过程中普遍接触社会下层的人，了解到生活在水深火热之中的老百姓的内心需要。另外，在游方的过程中，他还结识了很多对当时朝廷不满的志士。朱元璋小时候放牛的一帮朋友也已经长大成人，而且学文的学文，练武的练武，都有一身本领。但是朝廷黑暗，大家没有用武之地，于是多次劝说朱元璋带领弟兄们建立一番功业。开始，朱元璋觉得自己身在空门，能够从精神上普度众生也是功德无量。但随着对社会的深刻了解，朱元璋意识到单靠念几句“阿弥陀佛”是不行的，加上长老曾经说过他并非池中之物，应该敢为天下先，举兵起义救黎民于水火也是行善。于是朱元璋决定，用另一种形式去普度众生。

当有了这个想法之后，朱元璋更加注重笼络人才了。有一次外出，遇上天降大雪，到处白茫茫一片，真应了唐代柳宗元那首《江雪》诗的前两句“千山鸟飞绝，万径人踪灭”。朱元璋孤零零一个人在路上走着，寒风呼呼地刮着，前不着村后不着店，让人感觉沉寂的同时也体会到个体的渺小，恐怕连沧海一粟都算不上。特别是当他看到路边相连的坟丘，更感到生命短暂，东坡先生曾经说“百年三万日，老病常居半”，真是对人生理解得透彻啊，“我若不好好建立一番功业，枉来世上一遭”。

朱元璋走着想着。一阵风迎面刮来，朱元璋转身躲避。这时他发现，身后有一个白点正在向自己慢慢移动，原来也是一个人唯恐摔倒，小心翼翼的，可是即便如此也依旧是一步一个趔趄。朱元璋站在路边等候来人，至少结伴走路互相有个照应，聊聊天也会少去不少寂寞。后边的人赶上来后，朱元璋主动打招呼：“大雪天气先生不待在家中，何以漫步荒野啊？”来人回答说：“穷苦百姓在这大冷天里不知道如何度过，特地出来走走看看。”朱元璋问：“先生是官府中人？”来人说：“肉食者鄙，我只是一介书生，但若逢圣主，也好建言献策。”朱元璋见是一个有良知、关心民间疾苦的读书人，便有意结交，为了交谈方便，先请教姓名，来人说自己姓葛名恩。

朱元璋虽然有了结交葛恩之心，但还不知道此人才能如何，于是就想试探一下。朱元璋和葛恩结伴同行，边走边说：

天寒地冻，水无一滴不成冰。

朱元璋就拿当时的天气出了一上联。这一听就不是通常的聊天，葛恩听了出来。朱元璋在这里还显露了一下才学，古代的“冰”字写作“氷”，就是水字多一点，所以说水没有这一点自然就不是“氷”字了。葛恩看了看朱元璋，略加思索，便对出了下联：

国乱民贫，王不出头谁是主。

葛恩丝毫不输给朱元璋，“王”字头上加一点，可不就是个“主”字吗，相当于“王”出头了。朱元璋一听，葛恩不仅有忧国之心，而且还在寻找能够辅佐的明主，心中大喜，就说出了自己的打算，邀请葛恩共图大业。

朱元璋起兵之后，更加知道了人才的重要性，因此每次行军途中总是不忘访贤，到处派人打听附近是不是有隐居田园的高人，大有当年“周公吐哺”的意思。有心就会有收获。有一天，朱元璋行军时经过一个村庄，发现一户人家的门上贴着这样一副对联：

天近山头，行到山腰天更远；

月浮水面，捞得水底月还沉。

那意思是说，一般人觉得山头离天肯定比山脚离天近，可是到了山腰又会发现那只是个错觉，因为你会感觉依旧那么遥远；月亮的影子倒映在水中，你用手一捞没了，可是等到水面平静了，月影依旧在水中。朱元璋停下马来反复读了好几遍，觉得这副对联富有哲理，而且书法也出众，苍劲雄健，笔力千钧。朱元璋派人向这家主人打听："请问这副对联出自何人之手？"主人回答是"南山朱升先生"写的。

一副对联让朱元璋记住了"南山朱升先生"。队伍继续前行，没走多远，又一户人家的门口贴着一副对联，上联是：

气吞高力士。

下联是：

眼识郭汾阳。

这是形容这家主人有李白一样的才能。李白待诏翰林的时候曾经奉命为一个国家写一封回书，因为醉酒，让后宫太监总管高力士为他脱靴，这就是我们常说的力士脱靴。当然也是因为这件事，李白得罪了高力士。李白有一次在山西，遇见一个将军要杀一个士兵，这个士兵丝毫没有害怕的意思，李白觉得这个士兵是个人才，于是花重金疏通关系，保住了这个士兵的命。这个士兵就是后来在"安史之乱"中立了大功的郭子仪，战乱平定后被封为汾阳王。看这副对联的字迹，应该也是出于"南山朱升先生"之手，一打听果然如此。再一细问，才知道这位隐居南山多年的朱升先生不是一个泛泛之辈。

朱元璋决定，队伍停止前进，自己要亲自去拜访这个“南山朱升先生”。朱元璋觉得，如果能有幸请朱升先生出山辅助自己，那将是这次行军最大的收获。按照村民的指点，朱元璋终于在深山中见到了朱升先生。朱升先生仙风道骨，器宇轩昂，在竹林的掩映下简直就是世外神仙。朱元璋连忙上前施礼，并自报家门，朱升很客气地还礼，并邀请朱元璋进屋品茶交谈。交谈之中，朱元璋发现朱升先生尽管身在山里，却对外界的事了如指掌，真应了那句话“秀才不出门，便知天下事”，于是对朱升先生更加敬佩。

朱元璋很恭敬地起身行礼，说：“在下有一事相求，不知当讲不当讲？”朱升起身还礼，说：“请讲。”朱元璋说：“先生德高望重，满腹经纶，为何不救万民于水火呢？我朱某常年东征西讨，至今一事无成，若得先生鼎力相助，必能成就大业，我替天下苍生恳请先生出山，望先生切勿推辞！”朱升很谦逊地回答说：“我只是一介山野村民，才疏学浅，何德何能，敢在贵人面前说三道四？”话外之意是不答应出山。

朱元璋苦苦相求，朱升见他至诚，就站起身来到书桌旁，挥毫写了九个大字：“高筑墙，广积粮，缓称王。”写完，朱升把这九个字交给朱元璋，说：“我把这九个字赠送给您，贵人如果能按照这九个字行事，必然攻必克、战必取，无往而不胜。再者，这九个字，每字三个月，共计两年一季，到时在下一定出山，所以贵人就不要再勉强了。”朱元璋一看，朱升先生把话都说到这个份儿上了，也不好再强求，只好告辞离去。

朱元璋离开之后，严格按照朱升先生这九个字去做。结果，不到两年就打败了各路反王，推翻了元朝统治者，完成了一统天下的大业，定都南京，当上了皇帝。转眼间，与朱升先生两年一季的约定也到了。朱元璋率领群臣带厚礼来到朱升先生隐居的地方，要兑现当年的诺言，请他出山。茅屋依旧，可是站在柴门外无论怎么呼喊，就是无人答应。有的武将觉得朱升过于傲慢，甚至要强行进入，被朱元璋拦住了。

又等了一会儿，还是无人应答。朱元璋一个人推开柴门，走进屋中。屋内空无一人，桌上放着一张纸，纸上写着一首诗：

山村教读遇皇上，九字真言方得传。

如今天下一统日，何须老儒再出山。

砚台里的墨还没干。朱元璋明白了，朱升先生是故意躲开自己，留下这首诗告诉自己，既然大明王朝已经建立，自己也就没有必要出来了。朱元璋觉得，这才是真正的高人，其实自己能够有今天的帝业，和当年朱升先生的九字真言有分不开的关系。别说居功自傲了，连个感谢的机会都不给！朱元璋默默地退出茅屋，命人将厚礼留在院子里，从此打消了请朱升出山的念头。

明太祖助民为乐

朱元璋因为出身下层，所以很接地气，算得上是一个体恤百姓的好皇帝。朱元璋经常微服私访，了解民情，和老百姓打成一片。在和老百姓交谈的过程中，作为大明开国皇帝的朱元璋没有丢掉自己的爱好——对对联，而且在这个过程中显得那么可爱。不过，这也说明朱元璋真的喜欢对联。据说有一年除夕，朱元璋还传旨大臣们要在门上贴对联，他甚至会抽空给大臣们写，这样不仅能增添新春喜悦的气氛，还能呈现出天下升平的气象。

为了了解真实的民风民情，有一年除夕朱元璋化装成一个书生走街串巷，兴致勃勃地欣赏着每家每户门上争奇斗艳的春联，如同欣赏自己的作品一样内心愉悦。朱元璋觉得，有的对联充满了哲理，有的对联充满了祝愿，有的对联充满了温馨，真是内容丰富啊。可是当他转入一个小巷子的时候，竟然发现有户人家门口光板，门框上连个纸片也没有。

朱元璋觉得有些扫兴，谁这么不合群啊？朱元璋走进院子，主人是一个五大三粗的汉子，见一个陌生人进来，就瓮声瓮气地问干什么。朱元璋说：“我发现家家户户贴春联，挺喜庆的，不知为何唯独你家没有？”汉子说：“俺是个阉猪的，大字不识一个，又找不到人来代笔，只能如此。”朱元璋一听明白了，也是，让他自己写那是难为他。朱元璋想了一下，说：“我来替你写如何？”阉猪的汉子倒是爽快，拱手表示感谢，马上买来了笔墨纸砚。

朱元璋让汉子研磨，自己裁纸构思，没过多久，一副对联想出来了，朱元璋挥毫写道：

双手劈开生死路，

一刀斩断是非根。

朱元璋以“万恶淫为首”的观点，针对“阉猪”这个行业特点，写下这样一副一语双关的对联。写好之后，阉猪的汉子在朱元璋的帮助下把对联贴了上去，汉子是个实在人，不停地表示感谢。朱元璋又站在门前欣赏了一下，很满意地走了。跟随在身边的小太监偷偷告诉阉猪的汉子：“你老哥好大的面子，当今皇上亲自给你写对联。”

汉子一听惊呆了：什么？刚才给我写对子的是皇上？这是哪辈子烧的高香啊，看来祖上积德，让至高无上的万岁爷到了我这穷家里，还给我写了一副对联！转念又一想：这哪里是对联啊，这是圣旨啊！得了，我别贴在门口了，还是供到屋里边吧。于是过了大年初一，就把这副对联请进了屋中，而且设下香案，一天三叩首。这件事传出去之后，大家都和汉子开玩笑“柳永奉旨填词，老兄奉旨阉猪”。从此以后，汉子的生意明显好了很多，一般人家让他阉猪也觉得有面子，当然汉子的出场价也高了不少。

朱元璋帮了阉猪的汉子之后，又把一个卖藕的封为祭酒。这又是怎么回事呢？还是在一次微服私访的时候，朱元璋漫步在南京的街上。休养生息政策的推行，让老百姓生活日渐安定，朱元璋看到一派国泰民安的景象，心里觉得美滋滋的。走着走着，朱元璋来到了市民比较集中的菜市场上，有买的有卖的，讨价还价，很热闹。

朱元璋看到一个卖藕的在不远处，就走了过去，藕装在筐里，洁白粗壮。朱元璋顺手就拿了一节，边端详边乐悠悠地吟道：

一弯西子臂。

朱元璋还挺能联想，把这一节莲藕比成了四大美女之一西施的胳膊。西施很少有人见过，所以她的漂亮也只能停留在后人的想象中，不过这更增添了莲藕的美感。据说越王勾践把西施送给吴王夫差之后，吴王为了赢得西施一笑，在宫内凿池注水种上莲花，让西施在宫中荡舟采莲。

卖藕的听后，再仔细品味一下，觉得这是一个很不错的上联。他又抬头看了看眼前这个陌生人，他可不知道这位就是当今皇上。再看看他手中拿的那节藕，一头已经断了，露出了几个藕眼，于是笑着接了一句：

七窍比干心。

卖藕的也是进行了丰富的联想，把莲藕比成了比干的心。据说商纣王的叔叔比干有七窍玲珑心，商纣王被妲己迷惑，说吃了七窍玲珑心能治百病，于是把比干的心给挖了出来。他们这一吟一对，正好是一副完整的对联。

朱元璋真没想到在这闹市之中，一个卖藕的竟然有如此的才能，还能接住自己的对子。朱元璋很欣赏卖藕人的文才，这时对对子的瘾又上来了，不但不愿离去，而且非要让卖藕人和自己对对子，并承诺如果自己满意卖藕人将会有意想不到的收获。卖藕人也不好推辞，为了意想不到的收获，只好答应。朱元璋沉思了一会儿，又吟出一个上联：

藕入泥中，玉管通地理。

朱元璋还是用比喻的修辞方法，把藕比作玉管，藕在泥中埋着，所以说通地理，这里的“通”可以是懂之意，也可以是连着之意。

卖藕的一边支应着生意，一边答出下联：

荷出水面，朱笔点天文。

荷花刚出来的时候，并不是绽开的，而是像一个毛笔头，尖上是红的，因此卖藕的把荷花比喻成“朱笔”，荷花朝上，所以说“点天文”。下联卖藕的用“天文”对上联的“地理”，妙得很。朱元璋听罢大喜，给卖藕的说：“把你的藕收拾一下，跟我走。”卖藕的虽然不知道要干什么，但也知道不会有恶意，于是照办。卖藕的跟随朱元璋左拐右拐进了宫，直到被任命为祭酒的时候，才知道刚才和他对对子的是当今皇帝。

下面该到一个小酒馆里坐坐了。一天，朱元璋带领一位大臣出宫微服私访，不知不觉间出城十几里。说话间已经到了用午饭的时候，偏巧不远处路边有几间茅屋，旁边悬挂着酒旗，原来是个小酒馆。在宫中吃惯了大鱼大肉山珍海味，朱元璋决定到路边这个小酒馆里体验一下老百姓的生活。尽管大臣一再提醒小酒馆的饭菜可能会不合胃口，但朱元璋还是走了进去。山野小店，哪里会有什么好酒好菜，充其量也就是花生米、茴香豆之类的。没办法，将就一下吧，真饿了吃什么都是香的。

朱元璋要了一碟花生米、一碟茴香豆，又让店家烫了一壶酒，坐下来和大臣开喝。可是，酒刚到嘴边朱元璋就皱起了眉头，怎么又浊又淡，一点滋味也没有呢？再尝尝下酒菜，干脆是把卖盐的打死了，齁咸齁咸的，也是没有别的味道。这时朱元璋又想起宫中的御酒佳肴，对比太明显了，结果越想眼前的酒菜越难以下咽。大臣也不敢说什么，皇帝自己选的地方，谁让你不听劝告呢。朱元璋放下酒杯长叹一声：

小酒店，三杯五盏，没有东西。

坐在对面的大臣除了摇头叹气，也不敢说别的，看皇帝还以苦为乐作起对联来，也不敢放肆对下联，只是稍微宽慰两句，说什么若全国的老百姓都能有这样的生活，也算是不错了。说完，两个人又忍着痛苦对饮起来。大臣不敢放肆对下联，店主敢。店主一听，这客官对小店有些不满意啊，好歹我也读过几年书，哄你高兴一下，于是说：

大明国，一统万方，不分南北。

店主把朱元璋上联中的“东西”意思改了，朱元璋的本意是店里要什么没什么，这个“东西”指物，店主改成了东方、西方，于是用“南北”来对。

朱元璋虽然是个明君，但也喜欢听好话。他一听，店主这话是夸自己的王朝呢，自然满肚子的不满一下子全没了，一高兴，端起酒杯一饮而尽。临走，又让大臣赏给店主很多银子。店主见客人出手如此阔绰，也蒙了，想方设法打听这两位客官到底是谁，后来知道是皇帝驾临，高兴坏了。店主有生意眼光，找书法高手把这副对联写好并刻在门口。许多人慕名前来参观，皇帝吃过的花生米、茴香豆也都成了抢手货，生意一下子兴隆起来，店主发了财。没过几年，当年路边的小酒馆便成了远近闻名的大酒楼。

刘伯温对联言志

喜欢听评书的朋友都知道，朱元璋征战天下之时身边有一个很重要的谋士，这个人几乎上知天文下通地理，他就是军师刘伯温。刘伯温在明朝建立的过程中，虽然没有战功，却贡献了很多智慧，建立了不可小觑的功劳。据说，他和朱元璋能成为君臣，还有一段非常有趣的经历。

事情是这样的，朱元璋在率兵攻打重庆的时候，一时遇到了阻力。加之长时间的征战奔波，兵困马乏，战斗不力。为了一鼓作气拿下重庆，朱元璋下令先围而不攻，等到缓过劲儿来再说。包围重庆府之后，朱元璋的大营就驻扎在马驿馆。第二天，朱元璋到街上闲逛散心，同时也期待着能遇到能人异士。他看到街边有一个卖蔬菜的，言谈举止不像粗人，就漫步来到此人跟前。朱元璋借着问菜价和他交谈起来，特别是问到四川的风土人情时，这个卖菜的不仅谈吐不凡，而且只要你问到的没有他不知道的。整个重庆似乎就在他的脑子里装着，简直是一个活地图。

朱元璋如获至宝，行军打仗最需要的就是这样的人才，有一个这样的人在身边可以省很多事，占很多先机。朱元璋问卖菜的如何称呼，他说自己姓刘名基字伯温。朱元璋为了进一步验证刘伯温的才能，就以重庆的特产和风景为题材拟出一个上联：

朝霞似锦，晚霞似锦，东川锦，西川锦。

蜀锦向来闻名天下，质地好，色彩绚烂，深受朝廷的喜欢。这里是把早上和傍晚的云霞比成了绚烂的蜀锦。

朱元璋刚说完，刘伯温便不假思索地对出了下联：

新月如弓，残月如弓，上弦弓，下弦弓。

朱元璋听了赞叹不已，对得很贴切，“新月”就是农历月初夜晚的月亮，在初七或初八月牙弯弯像个弓一样，叫“上弦月”。可是过了十五、十六之后，月亮又一天天地变小，到最后又成了一个小月牙，叫“下弦月”。不管是上弦月还是下弦月，都像弓一样。因此，刘伯温也像朱元璋一样，用了形象的比喻。可见刘伯温观察生活非常仔细。

朱元璋越发觉得眼前卖菜的刘伯温不是个凡人。通过进一步和他攀谈才知道，刘伯温早年家境还是很好的，那个时候还请得起私塾先生，所以读了很多书。后来因为种种原因，家道中落。虽然家境艰难了，但刘伯温并没有停止读书学习，反而更加勤奋，因为有时候读书能够让他忘记饥饿。曾经有一位奇人送给刘伯温几本兵书，让他熟读参悟，将来定能遇到明主，建立一番功业。这一点就像当年张良巧遇黄石公一样。虽然曾经有人慕名邀请他入幕，但刘伯温见对方过于傲慢，并非成就大事之人，于是又回到家乡过起了简单的农耕生活。刘伯温并没有别的生活门路，一不会偷二不会抢，只好自食其力靠卖菜为生。

当朱元璋知道了刘伯温的经历之后，肃然起敬，比刚才表现得更加亲近，而且改口称先生。朱元璋说："先生，朱某不才，出身低贱，在财主家里喂过牛，在皇觉寺里当过和尚，看天下民不聊生才投身军营，机缘巧合有了今天，不知道先生愿不愿意与我共为苍生谋福利？"刘伯温也听说过朱元璋的经历，现在又见他如此平易近人，再想想自己，一肚子的学问没有用武之地，真的要卖一辈子菜吗？于是就答应了朱元璋的邀请。作为见面的大礼，刘伯温出谋划策，帮助朱元璋一举拿下了重庆府。朱元璋见刘伯温机智过人，就封他为军师。

当时造反的队伍并不止朱元璋一支，很多人虽然说要雄霸天下，但整天发愁如何保住自己已有的地盘。朱元璋则不然，他的目的不只是像别人那样占一块地盘称王。有一年，朱元璋兵临姑苏城，就是今天的苏州，这可是历史文化名城，三国时期属于吴国。朱元璋和军师刘伯温、几个大将察看地形时，突然脑子里迸出一个上联：

天下口，天上口，志在吞吴。

“天下口”是个“吞”字，“天上口”是个“吴”字，所以说“志在吞吴”，用词绝妙。

朱元璋看了一眼刘伯温，问：“军师，可否对出下联？”这对于刘伯温来说是小事一桩，歌词咋说的？“天空飘来五个字，那都不是事。”只是刘伯温觉得朱元璋的上联气魄还是小了，怎么能只“志在吞吴”呢？怎么能眼中只有姑苏呢？为了激发朱元璋更大的志向，刘伯温模仿上联的结构，拿“全”和“任”两个字为题机智地对道：

人中王，人边王，意在全任。

“人中王”是个“全”字，“人边王”是个“任”字，“任”字只是形似而已。刘伯温的下联气魄更大，提醒朱元璋不要只盯着江南，要放眼天下，有统一全国的心胸志向。

后来，朱元璋灭了各路反王，实现了一统全国的愿望，建立了大明王朝，他自己也成了明太祖。王朝建立，朱元璋大封有功之臣，刘伯温自然在被封赏之列，对于他来说终于功成名就。帮着朱元璋打天下，多年不在家乡，刘伯温经常思念家乡，于是向皇帝请假回乡省亲。返回途中，刘伯温走水路，坐在船中给明太祖朱元璋写奏折。刘伯温不仅谋略出众，文章写得也顶呱呱，可以说下笔千言。当时的奏折并不是随意写的，那是给皇帝看的，是很严肃的事情，因此需要字斟句酌。既要说明问题，也要显示出文学价值，特别像刘伯温这样的人，讲究用词，也讲究句式对仗工整。

一个人才能再大，也会有思维不顺卡壳的时候。刘伯温奏折写到一半，感觉有些吃力，写不下去了。关键是他不想随意糊弄皇帝。这时听到岸上有人在喊：“请把船停一下，请把船停一下，能否行个方便？”刘伯温问家人怎么回事，家人说岸上有位和尚，可能是想搭船。刘伯温一向敬重出家人，再者皇帝因为曾经出过家，对佛教格外看重，所以当臣子的更应该礼敬。刘伯温命令把船靠岸，将和尚接到了船上。

和尚进船舱向刘伯温表示感谢，发现刘伯温眉头紧锁闷闷不乐，好像有心事的样子，就问：“这位施主可有什么烦心之事？不妨说出来，贫僧不才，或许能够帮您宽宽心，也算还您个人情。”刘伯温实话实说：“我正给当今皇上写一封奏章，写了一句：“蹉跎岁月，五旬有三。”下边一句怎么也写不出来了。”刘伯温这句话的意思是说，时间过得真快，一转眼我已经五十三岁了。和尚一听，说：“施主，下句用：“补报朝廷，万分无一。”不知道合适不合适？”刘伯温点头称妙，这句话的意思是我报答皇上还不到万分之一呢，表现出作为臣子在皇帝面前诚惶诚恐的样子。刘伯温觉得这位师父颇有见识，就留他在船上多住了几日，两个人每天谈天说地纵论时事。眼看就要到京城了，刘伯温想到王朝刚刚建立，正是需要人才的时候，就打算把和尚引荐给皇帝。但是和尚表示，自己看破红尘已久，无心进入官场，同时也引用张良的故事劝刘伯温要尽早抽身，千万不要学韩信最后落得个兔死狗烹的悲惨结局。刘伯温见和尚主意已定，也不好勉强，只好让和尚下船去了。

善对莫因年岁小

解缙是明朝前期的大文豪，江西吉水人，明太祖洪武年间考中进士，人称解学士，曾经做过内阁首辅，主持修撰过大型文化工程《永乐大典》，还是对联大师。解缙之所以能有如此大的成就，和他从小喜欢学习有关。解缙六岁就能吟诗作对，是当时远近闻名的“神童”。一天早上，母亲让解缙帮忙扫地、放鸡，他随口就以诗句的形式应道：

打扫堂前地，
放出笼里鸡。

虽然用词并不十分讲究，甚至听起来有些粗俗，无非就是对所干活计的交代，但对仗也算工整，不仅说明了问题，而且生活气息很浓郁。母亲很高兴，觉得儿子小小年纪就能出口成章，搁谁脸上都有光，于是不无赞许地说：“缙儿又作诗了？”解缙回答说：

分明是说话，

又道我吟诗。

看似随意回答，却依旧是诗的形式。

儿子聪明好学，当爹娘的自然看在眼里喜在心里。解缙七岁那年，父亲带他到江边洗澡，随手把脱下的衣服挂在了江边的树枝上。解缙的父亲也是个知书达理的人，把衣服挂好之后，觉得这是一个考儿子的好机会，于是就对着儿子吟出了上联：

千年老树当衣架。

这话说得很实在也很妙。就地取材，不说把衣服挂在树枝上，而说把老树当作衣架，就好像是在家里洗澡一样。解缙知道父亲是在考自己，于是眼望烟波浩渺的江面回答说：

万里长江作浴盆。

用“万里”对父亲的“千年”，用“长江”对父亲的“老树”，用“作浴盆”对父亲的“当衣架”，无论是词性还是意义，都很得体，而且用长江当洗澡盆，好大的气魄。纵然很多人都在长江里洗过澡，但是能说出这样话的人却不多，尤其是从一个小娃娃的口中说出，更是难得一见，所以七岁的解缙让父亲看到了儿子不可限量的未来。这就是古人常讲的“见微知著，从小看老”。

父亲知道儿子聪明，反应机敏，一般的问题难不住他，所以总喜欢在不影响他学习的情况下把他带在身边。一是不能让儿子死读书，脑子僵化，得出来见见世面；二是把儿子带在身边也能给自己长长面子。有一次，朋友邀请解缙的父亲下棋，父亲便把解缙带在了身边。下着下着，友人突发奇想，仰望天空沉思片刻，吟出一句上联：

天当棋盘星作子，谁人敢下？

想象确实够奇特的，把浩瀚无垠的天空比喻成棋盘，满天的繁星当成了棋子，别说没人敢下这盘棋，就是想也很难想到。看来这个朋友颇具浪漫主义情怀。友人让解缙的父亲来对下联，这下可把老解难为坏了，苦思良久还真没有想出合适的下联。但是，解缙的父亲没有说自己答不出来，而是看了一眼解缙，说："把这个机会让给犬子吧。"那意思是说，儿子，你得赶快给我解围啊！解缙没有推让，向父亲和那位友人拱了拱手，用稚嫩的声音回答说：

地作琵琶路当弦，哪个能弹？

大家一听，对得好，也够浪漫的！你把天比作棋盘，我把地比成琵琶，你把星星比作棋子，我把大路比成琴弦，你的棋没人敢下，我的琵琶自然也没人能弹。友人摸着小解缙的脑袋不住地夸赞，当爹的心中自然像喝了蜜一样甜。

人分三六九等，有爱才的就有忌才的，爱才的是因为自己有才，渴望在交流中更进一步，忌才的是因为有才却担心别人超过自己。说白了这就是一个心胸的问题，心大了事就小了，心小了即便是小事也装不下。解缙所在的村子有一个在朝为官的曹尚书，心眼就不大，他不为自己村子出个人才感到高兴，却总是妒忌解缙，总想找机会压住解缙。其实，当曹尚书有这个想法的时候，他已经落于下风了，你什么岁数，解缙什么年龄？胜了人家说你曹尚书以大欺小，败了人家说你曹尚书连个小孩子都比不过。

但是曹尚书可不管那么多，一门心思想超过解缙。为了达到超过解缙的目的，曹尚书憋在家里闭门造句。还不错，终于让他想出了一个双关句，就是一句话可以有两种甚至更多的解释。曹尚书苦思冥想出来的句子是这样的：

庭前种竹先生笋。

曹尚书怎么想怎么觉得妙，他觉得：就这上联足以让解缙哑口无言，即便是他勉强对得出来，我也有几种解释等着他呢，我是有备而来，他是仓促应战，我就不信小解缙能够全身而退。曹尚书觉得胜券在握，便向解缙发出了邀请，请他到家里做客，吟诗作对。

解缙也知道曹尚书一向对自己态度傲慢，那是一种自负和自卑的综合表现，但出于对长辈的尊重，解缙没有拒绝，而是如约而至。一番客套之后，曹尚书在客厅沏好茶，两人对坐品茶。客厅外就是几棵竹子，风一吹左右摇摆，枝叶沙沙作响。曹尚书假装忽有所得，就把憋了几天憋出的那个上联念了出来：“庭前种竹先生笋”。然后捋着胡子，笑眯眯地看着解缙，和蔼之中透露着挑衅。解缙几乎连想都没想就对出了下联：

庙后栽花长老枝。

曹尚书虽然有些忌才妒能，但不能不赞叹解缙反应机敏，“我这憋了几天才算编出来了一句，他到这里张口就来，都说拳怕少壮，看来对对联也是年轻人脑子好使啊”。对联是对上了，他可不一定能有我的一语双关之妙。

曹尚书笑着说：“解缙，我这上联的意思是说，庭院前面种的竹子，首先长出的是笋。”曹尚书这是写出了竹子的生长特点，竹子不管在哪里，首先生长出来的肯定是笋。解缙也笑着解释说：“尚书大人，我这下联的意思是说，寺庙后面栽的花，已经长出了老的枝条，难道说对不上您的上联吗？”曹尚书点头默认。两人各怀心思接着喝茶，还没喝两口，曹尚书又笑了，说：“解缙啊，我这个上联啊，还有第二种解释，说的是庭前种的竹子长得不是太好，不是因为别的，而是先生把它损坏了，所以叫‘庭前种竹先生损’，我这竹笋的‘笋’和损坏的‘损’是谐音哦。”解缙好像早就料到曹尚书会这样出招似的，放下茶杯不紧不慢地说：“尚书大人，我这下联也有第二种解释，说的是寺庙后面栽的花木被大风给刮倒了，寺里的长老看了可怜它，于是就用一个棍棒把它给支了起来，因此叫作‘庙后栽花长老支’。”

曹尚书虽然感到受挫，但不得不佩服解缙的才能。曹尚书脸红脖子粗，喝茶也顾不得文雅了，呼噜呼噜直响，解缙反而跟个没事儿人一样。又过了一会儿，曹尚书又慢悠悠地说话了，好像是经过了一番沉思："解缙，我这上联又有了第三种解释，说的是庭前种的竹子长得不好，教书先生拿话贬损它：'你怎么长成这样呢？'这就是我的'庭前种竹先生损'。"解缙一听，尚书大人这是连环套啊，得了，我也继续编吧："尚书大人，我这里也有第三种解释，说的是寺庙后面栽了花，小和尚怕长老不知道，于是就告诉了长老，长老却说自己已经知道了，这就是我的'庙后栽花长老知'。"

曹尚书真有些理尽词穷了，不过他还不想认输，于是说出了自己准备好的第四种解释："解缙，我的第四种解释是，我想在庭前种几棵竹子，教书先生觉得不合适，又不好明说，于是话中有话损我，所以叫'庭前种竹先生损'。"解缙依旧不紧不慢地解释说："尚书大人，巧了，我这里也有第四种解释，小和尚们想在寺院后面栽花，怕长老不愿意，就去询问，长老说，种花美化环境，我支持你们，因此叫'庙后栽花长老支'。"曹尚书脑门上沁出了细细的汗珠，也不知道是喝茶热的，还是对对子占不住上风憋得，反正没有实现超过解缙的愿望。

出口才能见高低

解缙因为擅长对对子，被当地人送了一个很霸气的外号“对联大师”。乡里乡亲有个红、白事或者到了春节都让他帮忙写对子，同学、好友遇见对不出来的对子也过来请求援手。解缙是个热心肠，喜欢助人为乐，从来都是来者不拒，甚至有时候还能惠及邻村。

邻村有个大户人家，腊月二十九这天要给孩子娶亲，万万没有想到的事情发生了。怎么回事呢？原来，孩子的爷爷年龄大了，身体不太好，吃完早饭躺在床上休息，一直不声不响很安静。开始家人没有觉得怎么样，时间长了突然觉得不太对劲，一摸鼻子，老爷子已经没有了呼吸。老爷子啥时候死了，不知道。这下麻烦了，热火朝天的喜事变成丧事了。按照当地的习俗，年前死的人一定要年前下葬。可是，这一天偏偏是个小尽，就是第二天就是大年初一，到下一年了。这样来说，老爷子还必须腊月二十九这天下葬。改婚期？也不行，接新娘的队伍已经走了，客人已经到了一半了，礼物已经收了一堆。这可怎么办啊？可把孩子的父亲给愁坏了。

最后经过亲友们紧急商议，喜事、丧事放在同一天办。这可是百年不遇的稀奇事。可是第二个让人发愁的事又来了，这对联怎么写？单写丧事或者单写喜事都好办，对于坐礼桌的账房先生来说是小菜一碟，提笔就来。可是，这喜事、丧事搁一块儿办的，长这么大也没听说过啊，抄袭你都找不到现成的。账房先生搞不定，帮忙的就找来村里的几个秀才。这些人平时在村里摇头晃脑嘴皮子利索，好像无所不能的样子，说不定他们真能把问题解决了。再说了，“三个臭皮匠顶个诸葛亮”，一群秀才难道还凑不出一副对联？可是几个秀才来了，听账房先生一介绍情况，也直咂嘴，束手无策，别说没经历过这样的事情，听也没听说过。

就在大家一筹莫展的时候，一个秀才说话了：“邻村解缙工于对联，号称‘对联大师’，可否请他来帮忙？”其他几个秀才随声附和。账房先生是个外地人，并不知道解缙的大名，因此表现得不以为然。有认识解缙的秀才自告奋勇，前往邀请，解缙一听情况也不推辞，随着秀才来到事主的家里。秀才们一见解缙到了，算是有了主心骨，大家想啊，如果解缙对不出来也不会来。可是，账房先生并没有把解缙放在眼里，心想：“我都没有办法搞定的事，你一个年轻人又能如何？”

解缙看账房先生一脸不屑的样子，也有些生气，心想：“你有本事写出来啊，我跑这么远不是来看你脸色的。”想到这里，拿起笔来蘸足了墨水，非常流利地写出了上联：

遇丧事，行婚礼，哭乎笑乎，细思想，哭笑不得。

大家一看，鼓掌叫好。账房先生过来一看，的确把喜事、丧事，以及事主的心情都写了进去，真是出手不凡，于是也不再那么不屑一顾了。解缙稍加停顿，重新蘸了墨，又“唰唰”几下写出了下联：

辞灵柩，入洞房，进耶退耶，再斟酌，进退两难。

大家又是一阵叫好。写完，解缙把笔一放，转身就走，连给主人答谢的时间都没留。账房先生回过神来的时候，解缙已经走出了院子。突然，账房先生意识到还没有横批呢，于是紧走几步赶到门口，冲着解缙的背影高喊：“解先生，横批是什么？”解缙连头都没回，说：

乐极生悲。

账房先生大拇指一竖：“真才子也，真妙对也！”

朋友们都知道一般对子难不住解缙，于是就经常拿对子和他开玩笑，一来是调节气氛，二来是请解缙指点。再一般的对子一旦得到解缙的妙笔修改，马上就能收到生花的效果。一天，解缙去拜访同村的一个学友，学友提前知道解缙要来，就在书房门上贴了一副对联：

闲人免进，

盗者休来。

这是和解缙开玩笑，把他当成了闲人和小偷。解缙知道这是朋友故意和他开玩笑，自然也不生气。再一看，这副对联的上联、下联天地留得都很足，解缙明白，朋友这是让他修改。

解缙也不客气，取出随身带的笔墨，在对联的上联、下联上各添了三个字，于是意思全变了。修改后的对联是这样的：

闲人免进贤人进，

盗者休来道者来。

解缙巧妙地用了谐音字。上联第一个“闲人”是没事干的人，第二个“贤人”是贤德之人；下联第一个“盗者”是强盗、小偷的意思，第二个“道者”是有道之人。朋友原来的对联是拒绝，可是经过解缙修改过的对联却变成了诚挚的邀请。

人情冷暖、世态炎凉往往让人感受很明显。没名的时候，没人把你当回事，门庭冷落车马稀；可是等你有名了，想安静都不可能，许多人都会向你请教，应酬多多。另外，有名了又总会有这样那样一些烦恼，就像电影里那些练武的，一有名气比武的整天堵着门叫阵。解缙这个“对联大师”就经常会遇到一些烦恼，比如自己无意与人争高下，可是曹尚书却把解缙请到家里非要决出个高低胜负；自己是出于好意帮个忙，账房先生还那么不屑。不过那些事都已经是过去时了，但过去了不意味着没有发生过，总会有人干那庸人自扰的事情。

这不，有一个秀才和解缙叫起板来。这个秀才不是本地人，当他听说解缙被称为“对联大师”时，心里愤愤不平。他觉得自己读书广博，不敢说上知天文下知地理，但下笔万言出口成章是没问题的，对对子也不在话下，可是纵然如此也没有赢得这样的雅号。解缙何许人也？凭什么超过我？古往今来都有这种人，见不得别人比自己好，心里总是疑神疑鬼。于是他决定，挑战解缙，赢走“对联大师”的名号。秀才见到解缙，表现得很傲慢，背着手，仰着头，不服不忿的样子。解缙一看，书到他这里算是白读了，就是为了一些虚头巴脑的名号啊。

解缙解释说：“这位先生，在下无德无能，只是乡亲抬爱，才送此称呼，如果先生喜欢，可随意拿去，无非一个称呼而已，于我无碍。”秀才厉声回答说：“那可不行，我长途跋涉来到这里，岂可不与你切磋一见高低？不战而取你名号，岂不是欺负你！”解缙一再解释，秀才执意坚持，解缙只好答应，让秀才出对。秀才阴阳怪气摇头晃脑地说：

牛跑驴跑跑不过马，
鸡飞鸭飞飞不过鹰。

牛和驴跑得没有马快，鸡和鸭无论如何飞也没有雄鹰飞得高，他倒是说出了大实话。但这个秀才嘴里不干净，这么说等于是把解缙比成了牛、驴、鸡、鸭等家畜家禽，而把自己比成了马和雄鹰。

解缙看秀才过于放肆，哪里是个读书人的样子啊。而且出的这副对子粗鄙可笑，不能说胸无点墨，但也只是一个轻浮之辈。解缙也不和他客气了，当即写了一副对联回敬过去：

墙上芦苇，头重脚轻根底浅；

山间竹笋，嘴尖皮厚腹中空。

这副对联先把秀才比成了墙头上的芦苇，又把他比成了山里的竹笋。芦苇本来长在水边，可是现在长在墙上，所以特点是根扎得浅，风一吹左摇右摆不能把持自己；山间竹笋的特点是嘴尖皮厚，肚子里没有东西。这副对联把秀才没有真才实学又喜欢搬弄是非的嘴脸刻画得惟妙惟肖。秀才水平再差毕竟是读过书的人，一看解缙出手不凡，很含蓄地教训了自己，而且给自己留了面子，只好一脸狼狈地走了。

解缙妙对震京城

解缙所经历的对联故事让他的名声越来越大，自然找他切磋的人也越来越多。有的人抱着平和的学习心态，希望通过切磋增进自己的水平，可是有的人却另有想法，想通过切磋占点风头抬高自己。这两种人的境界是有明显区别的，且第一种人又往往没有第二种人多，或者说没有第二种人表现得明显。曹尚书和解缙切磋对联，说实话他的对联写得不错，只是急于求胜的心态让他输了。他回到朝中之后，一次与人聊天说起了自己和解缙对对子的事。不过，他可没好意思说自己败了，那样的话脸上多没光啊，他说自己和解缙打了个平手。

大家一听，那也了不得，由于皇帝提倡，大臣们哪一个不是对对子的高手啊，一个年轻人竟然能够和阅历丰富的曹尚书打个平手，绝对算得上是对联高手了。那些好斗之人就有些技痒了，也想找解缙切磋一下，一来扬扬自己的名声，二来替曹尚书找找面子。一位姓李的翰林站出来说，自己想和解缙切磋一下，请曹尚书帮忙邀请解缙进京交流。说是交流，其实就是挑战。能当上翰林也是需要水平的，他们往往是进士出身，而且还是前几名。曹尚书也乐得有人替自己出气，于是很爽快地答应了，派家人快马加鞭到老家找解缙，邀请理由是朝中贵人听闻解缙秀才学富五车，工于联对，特请赴京交流。

解缙本不愿答应，但父亲认为将来他毕竟要参加科举考试入朝为官，不好现在就得罪了朝官们；再者，这也是扬名的事情，未必到京城就会输，只要把握好火候就行了，说不定还能交上几个朋友；退一万步，至少可以进京城见见世面吧。所以，在父亲看来，百利而无一害。听父亲这么一说，有如此多的便宜可占，他也就答应了。解缙随曹尚书的家人来到京城，经曹尚书介绍，他与那位李翰林见了面，约定第二天到李翰林家做客。

第二天，解缙早早来到李翰林的府门外，却发现大门紧闭，只是开了个偏门。正门是给重要人物走的，偏门一般是下人们走的，开个偏门就意味着没把解缙当回事。门口站着李翰林的家人，他们见解缙来了，领着就要从偏门进去。解缙很生气，心想：你邀请我来做客，却又不开正门，这是什么待客之道？摆明了是在侮辱我嘛！解缙年轻气盛受不了这个气，坚决不进去。李翰林的家人无奈，只好进去报告李翰林，其实李翰林就是要侮辱解缙。李翰林听家人说解缙坚决不走偏门，就写了一个上联让家人拿给解缙，这个上联是：

小犬无知嫌路窄。

李翰林出言不逊，说解缙就是一只小狗，给你个偏门进来就不错了，你还嫌弃！解缙一看，交流对联这就算开始了，不过李翰林你欺人太甚，竟敢骂我是无知的小狗！解缙如何回应？解缙挥笔写下：

大鹏展翅恨天低。

解缙把自己比成庄子笔下扶摇直上九万里的大鹏。我们经常用“鹏程万里”来形容某人志向远大，解缙这个下联的气势够大，这下把李翰林给震住了！

李翰林看了解缙的下联，不住地点头称赞，出于尊重打开中门。李翰林身着红色便装亲自迎接解缙。李翰林看到解缙穿着一身绿色的衣裳，就开他的玩笑说：

出井蛤蟆穿绿衣。

这李翰林也真够损的，又把解缙比成了蛤蟆，而且还是刚出井的。解缙不是来自乡下吗，在李翰林看来就是坐井观天的蛤蟆，没有什么见识。一般的乡下人或许如此，可是解缙不然，一肚子学问。解缙看李翰林穿着一身红色的便装，灵机一动说：

落锅虾公着红袍。

解缙把李翰林比成了大虾，不过这个大虾够悲催的，已经被扔进锅里煮了，所以是红色的。这回，李翰林又没有讨到便宜。

李翰林领着解缙进了院子，在小花园内欣赏花草。看着满目盎然的生机，李翰林又出了一个上联：

> 莆叶，桃叶，莆萄叶，草本木本。

这是说的眼前看到的植物，有的属于草本，有的属于木本，其中前两种植物又谐音合成葡萄。不能不说李翰林反应机敏，还是颇有见识的。可是，这如何能难得住解缙呢？李翰林话音刚落，解缙应声答道：

> 梅花，桂花，玫瑰花，春香秋香。

首先是三种花里有春天开放的，有秋天开放的，所以称“春香秋香”，其次是梅花、桂花又谐音合成玫瑰花。对得工整妥帖，李翰林见此，对解缙的才学钦佩之极，两个人从此成了朋友。

解缙与李翰林结成朋友后，在京城逗留了几日，整天与李翰林交流对联。这天，解缙来辞行，李翰林有些恋恋不舍，但也知道留不住，就为解缙饯行，李翰林另外还邀请了几个相知的朋友作陪。李翰林向大家讲起了自己和解缙切磋对联的感受，结果真没想到当场引起一个老翰林的不满。这个老翰林看解缙年纪轻轻、个子又小，便一脸看不起的样子，就想当众取笑他，于是说：“年轻人，我这里有一上联，恳请赐对。”话里透着一股子傲慢。解缙心想：回个家难道还要先惹一肚子不痛快吗？虽然心里不高兴，但还是表现得很谦虚，躬身施礼说：“承蒙高抬，请赐上联。”

老翰林回礼并清了清嗓子，手捻着山羊胡子慢条斯理地说：

二猿断木深山中，小猴子也敢对锯？

这个老翰林也真够不厚道的，竟然把解缙比成小猴子，这里的“对锯”本义是面对面拉锯，就读音来说，和“对句”谐音，因此老翰林的意思就是，解缙你个小猴子也敢和我来对对子？这不是没事找事吗？解缙一想：既然你为老不尊，我也别给你客气了，省得让你继续找事。于是不假思索地对出了下联：

一马陷足污泥内，老畜生怎能出蹄？

解缙更狠，把老翰林比成了老畜生，这里的“出蹄”本义是说马陷在污泥里蹄子出不来了，可是蹄子的“蹄”和题目的“题”谐音，因此一语双关，意思成了你个老畜生怎么能出题呢？大家见二人剑拔弩张，谁也不让谁，赶紧过来劝解。老翰林自讨没趣，气得脸红脖子粗，再也不做声了。

解缙虽是对联高手，但也曾经遇到过对手，而且是个弹箜篌的卖唱姑娘。解缙奉旨巡查漕运，中途经过一个地方，县令邀请当地名流为解大人接风。酒过三巡，解缙忽然来了雅兴，端着酒杯站起来说：“今天在此与各位高朋聚会，真是难得，解某不才，愿出一上联，请各位对出下联以助酒兴，如何？”大家都表示愿意领教。这在当时是最常见的酒令，所以大家也都没有太当回事，再说了解缙是奉旨钦差，不能得罪。解缙见大家情绪高涨，举杯高声说道：

一杯清水，解解解元之渴。

解缙说完了，大家面面相觑，你看看我，我看看你，没有人能对出来。为什么？难就难在同一个“解”字连用三次，而且每一次意思还都不同：第一个“解”念jiě，是解渴的意思；第二个念xiè，指的是解缙的姓；第三个念jiè，解元是科举考试地方推荐的第一名，解缙当年是以解元的身份到京城参加考试的。就在大家无以对答的时候，箜篌声响，大家扭头一看，原来是请来助酒兴的歌女。就见她轻启朱唇，轻声细语问：“不知几位官人可允许我来试对？”大家觉得不可思议，你一个卖唱的能对上来？解缙答应，姑娘吟道：

半榻箜篌，乐乐乐府之词。

话音刚落，解缙击案叹赏。大家问：就是一个歌女，所对能妙在何处？解缙说妙处自有妙人说。大家会意，鼓掌请歌女解释，歌女起身不慌不忙地解释说：“第一个‘乐’是快乐的‘乐’，第二个‘乐’是奏乐的‘乐’，第三个‘乐’则指‘乐府’。”大家顿起敬意，对歌女有如此奇才感叹不已。

唐寅联对显才情

说起来对对联，我们不能不提到唐伯虎。唐伯虎是明代苏州吴县人，熟读“四书五经”，精通琴棋书画，名列“江南四大才子”之首。唐伯虎虽然勤奋好学，但并非像老学究一样，而是机敏活泼，加上掌握了吟诗作对的技巧，幼年便在家乡吴县一带颇有名气。

有一天，唐伯虎的父亲有朋友来访，这个朋友也是个知识渊博的读书人，所以父亲就把唐伯虎带在身边，好让他向自己的朋友请教学习。唐伯虎本来就爱学习，所以就连珠炮似的向这位叔叔发问，简直是带着十万个为什么来的。朋友见唐伯虎乖巧，也非常喜欢，于是耐着性子回答。父亲拿出了甜瓜和炒豆招待客人，唐伯虎很有眼色，用刀将甜瓜切成两半，递给叔叔。朋友听说唐伯虎小小年纪就会对对子，于是接过甜瓜微笑着说：

甜瓜切破，分成两片玉玻璃。

“玉玻璃”就是质地很好的玉石，看来这个甜瓜不错。朋友说完，双眼凝视着唐伯虎，那意思是，你能对出下联吗？一般对联是平声在下联，可是现在朋友把它放在了上联，有违常规。唐伯虎顺手捏起一个炒豆，轻轻一捻，皮就脱了下来，然后捏着一片豆皮说道：

炒豆捻开，抛下一双金龟甲。

朋友含笑点头，自己把切开的甜瓜比成玉玻璃，把本该属于下联的句子放在了上联，而唐伯虎则把炒豆捻开的外皮比成了金龟子的壳，很形象，另外结尾用仄声，把本该属于上联的句子放在了下联。看来这孩子还真是精于此道！

唐伯虎有一次和父亲外出闲游，看到田间一个妇人一边打扫乱柴，一边呼喊小叔子：“叔叔，快来帮我把柴捆一下，咱们准备回家了。”父亲见此情景得一上联：

嫂扫乱柴呼叔束。

这个上联很奇特，嫂子的“嫂”与打扫的“扫”同音不同义，叔叔的“叔”和束缚的“束”是同音不同义。父亲看了一眼唐伯虎问道：“寅儿，你能否对出下联啊？”唐伯虎一时也想不出恰切的下联来，只好一边走路一边东张西望寻找下联的素材。

父子二人走着走着来到下一个村子，看见一个妇女在挑水，扁担颤悠悠的，后面还跟着个小姑娘。父子俩刚要就此作诗，忽然“咣当”一声，可能是扁担没有拴牢，水桶掉到了地上，桶破了，水也洒了。当时的桶不像我们今天的，要么是塑料的，要么是铁的，总之，比较结实，当时的桶都是木的，用铁箍箍着。那个挑水的妇女蹲下身去，将散落一地的桶箍和木块捡到一起，然后叫身后的小姑娘找匠人去箍紧。小姑娘说："姨娘，你放心吧，我马上找人把桶箍好。"唐伯虎见状，眉飞色舞地鼓掌说："想不到下联竟在此处。"父亲一脸惊奇地看着唐伯虎，那意思是说说看。唐伯虎的下联是：

姨移破桶令姑箍。

这个下联也很奇特，不仅结构和父亲的相同，而且姨妈的"姨"和移动的"移"同音不同义，姑娘的"姑"和箍桶的"箍"也是同音不同义。对仗工整自然，而且别具一格，完全是生活的发现。

有一天，唐伯虎到郊外散步，看到几个农夫正在田间用水车灌溉。只见水车旋转，水花四溅，一片欢声笑语，不禁让他想起了古人的田园诗歌。唐伯虎摇着扇子兴致勃勃地走了过去，他想感受一下劳作的快乐。有个农夫认出了唐伯虎，当时唐伯虎在科举考试中已经夺得苏州解元，跨马游街，成为一时的盛事，这个农夫曾在现场观看。农夫笑着说："唐解元得闲了，来这里散步，你是我们眼中的文曲星、大才子，我是粗人一个，出个对子你能对出下联吗？"

唐伯虎觉得有趣，满口应承："愿意请教。"在唐伯虎看来，这个农夫不像读过书的样子，他出的对子能高明到哪儿去，无非是一些俚俗语言罢了。农夫边踩水车边说：

水车车水，水随车，车停水止。

唐伯虎马上感觉一振，想不到粗人不粗，竟能拿"水"和"车"作出这样精妙的文章。"水车车水"是说水车的功能，第二个"车"是个动词，指用水车提水；"水随车"是说大家一踩水车，水随着水车就出来了；"车停水止"则是说水车没了动力就会停下来，水车停了，自然水也就停了。前四个字是两个词，这两个词字的顺序正好是相反的，中间三个字"水"在"车"前，后面四个字"水"在"车"后。这完全不像是一个农夫所能说出的话，这大概就是"处处留心皆学问"吧。

轮到唐伯虎对了，唐伯虎把手中的扇子扇了几下，头上的书生巾随风而动，然后把扇子一合收了起来，转身就走。一起踩水车的农夫们起哄："唐解元对不出来喽！"那个出对子的农夫也喊："解元公，别走啊，你还没有对出下联呢。"唐伯虎头也不回地说："本以为你是个中高手能明白，我已经对过了。""什么？对过了？"农夫有些迷糊："我怎么没听到呢？"农夫再仔细想想刚才唐伯虎的动作，先用扇子扇风，然后收起扇子走人。忽然，农夫明白了，哈哈大笑。他这一笑，别的农夫蒙了，问他笑什么。出联的农夫笑着说："人家不愧是解元公，还真的是对过了，对得好啊对得妙。"大家着急知道结果，就催他别卖关子。农夫说唐解元的下联是：

风扇扇风，风出扇，扇动风生。

唐伯虎用"风扇"对农夫的"水车"。风扇的功能是扇风，所以说风出自风扇，而要想有风，必须先摇动风扇。前四个字也是两个词，两个词字的顺序相反，中间三字"风"在"扇"前，后四字"扇"在"风"前。

唐伯虎所在的地方出了个奇事，一个乞丐靠乞讨积攒了不少银子，竟然盘下一个店面，摇身一变成了老板。不管谁做生意都希望日进斗金、财源旺盛，所以你看大小生意的门上都有祝愿性的对联。这个老板也想在对联上讨个好彩头。可是自己大字不识，只好找人代写，他自然想到了才子唐伯虎。唐伯虎也觉得不费什么事，就答应了。

老板说："我是个要饭的出身，穷怕了，你就给我写生意好，能赚很多银子就行。"唐伯虎点点头，很快写出一副对联：

生意如春意，

财源似水源。

上联祝愿他的生意像春天一样暖意融融，下联祝愿他的收入像流水一样源源不断。可是，老板对这个对联死活不满意，他的理由很简单，太文雅了，自己看不懂，看不出好来。

老板说：“我是个要饭的出身，天热的时候怕蚊子，赶也赶不净，天冷的时候怕虱子，逮也逮不完。你能不能写成生意好得像蚊子，银子多得像虱子？”唐伯虎笑了，既然老板有要求，就满足他吧，唐伯虎再次提笔写道：

门前生意，好似夏夜蚊虫，队进队出；

屋里铜钱，就像冬天虱子，越捉越多。

这次老板很满意，可是唐伯虎心想：恐怕这是我一辈子写得最浅俗的对子了。

唐寅妙联对高朋

独乐乐不如众乐乐，才子唐伯虎不仅自己写对子，还经常和朋友们一起对对子。我们常说“物以类聚，人以群分”，这话是有一定道理的。唐伯虎才高八斗，他的那些朋友自然也不是目不识丁，而个个是名士，在某方面均有一定的造诣。比如说祝枝山，也是学富五车，与唐伯虎并列“江南四大才子”。唐伯虎与祝枝山经常诗文唱和，是关系融洽的朋友。

一次，祝枝山去拜访唐伯虎，两个人来到客厅落座，喝茶聊天。客厅外种着几株竹子，枝叶摇摆，唐伯虎打开窗户要通通风。可是，刚一开窗户，一阵风吹来。唐伯虎没注意，窗台上放着的花瓶被风吹倒了，里面原本插着几枝梅花，结果梅花也掉出来了，水也流了一地。唐伯虎还没有来得及收拾，祝枝山已经就这个情景说出一个上联：

东风吹倒玉瓶梅，落花流水。

这句话不仅写出了眼前的真情实景，而且还巧妙地用了个成语“落花流水”。唐伯虎回头望了望祝枝山，笑着说：“祝兄，你这是考我来了。”祝枝山也笑着说：“怕考就不是解元公了。”唐伯虎弯腰捡起掉到地上的梅花，边往花瓶里插边向窗外望去，不远处的花园中有几根竹子被风吹倒，而且地上的雪还没有完全融化。唐伯虎就把所看到的情景凑成了一个下联：

朔雪压翻花径竹，带叶拖泥。

唐伯虎也是真情实景，“带叶拖泥”虽不及“落花流水”用得漂亮，也算是不错了。两个才子继续品茶谈诗，不知不觉就到了傍晚。唐伯虎见天色已晚，就热情地挽留祝枝山夜宿，祝枝山也有些不尽兴，于是很爽快地答应了。两个人又摆上简单的菜肴，开始对饮，谈古论今，吟诗作对，兴致反而越来越高。时间过得真快，不觉到了三更。正当两人商量收拾杯盘准备就寝时，隔壁传来婴儿的哭声，紧接着是接生婆报喜的声音，原来是隔壁邻居家生了个孩子。唐伯虎灵机一动，吟出一条拆字的上联，想给祝枝山一个措手不及。他的上联是：

半夜生孩，亥子二时难定。

唐伯虎把孩子的“孩”拆分成“亥”和“子”二字，当时是半夜，到底是亥时生的还是子时生的，说不准。本来祝枝山听唐伯虎说准备就寝，困意就上来了，张嘴打哈欠，可是突然听唐伯虎又说出这么一句上联，妙得很，精神一下子又上来了。祝枝山揉揉眼，抬头看见墙上挂着唐伯虎画的一幅画，朦朦胧胧像是迎亲的队伍。祝枝山得到了启发，随即高声应道：

百年匹配，己酉两姓相当。

祝枝山是把匹配的“配”拆分成了“己”和“酉”二字。“己”“酉”在古代都是姓氏，是黄帝的后代。两人哈哈大笑，非常满意地各自睡去。

有一年夏天，祝枝山邀请唐伯虎散步，不知不觉来到了一个池塘边。池塘里种着荷花，绿叶如盖，看上去很养眼，鱼儿都游到荷叶下乘凉，不由得让人想起“鱼戏莲叶间”的诗句。祝枝山这次反应快占了主动，见景生情出了个上联：

池中荷叶鱼儿伞。

把眼前所看到的情景非常形象地表现了出来，荷叶就像是鱼儿遮挡太阳的伞一样。唐伯虎也称赞这个上联出得好，形象生动，有生活，充满了画面感，可是怎么对呢？唐伯虎东张西望寻找能作为下联的情景，忽然看见旁边一户人家屋檐下有一个燕子窝，在燕子窝的前面还有个蜘蛛网，乍一看就像个帘子挡着燕子窝呢。“处处留心皆学问”，唐伯虎会心一笑，开口说道：

梁上蛛丝燕子帘。

祝枝山也夸唐伯虎对得恰切。

除了祝枝山，名士张灵也是唐伯虎的好朋友，两人经常相约共饮，而且每次都是酒逢知己千杯少。有一回，两人又在一起饮酒，还是老样子，饮则必醉，结果就喝了个酩酊大醉。唐伯虎醉得从椅子上滑了下来，觉得有趣，就躺在地上用一句上联来形容自己的窘态：

贾岛醉来非假倒。

这里用唐代苦吟诗人贾岛的名字谐音“假倒”，来描写自己当时醉得东倒西歪的样子。贾岛是中唐诗人，作诗讲究炼字，一定要通过反复推敲找到最合适的词，也是因为如此，骑头驴冲进了京兆尹韩愈的仪仗队。还好，韩愈也喜欢写诗，一问怎么回事，贾岛说自己在写一首诗，其中一句不知道是用“推”好还是用“敲”好。韩愈帮忙决定，用“敲”好，显得夜静，其实这两句诗也算是对联：

鸟宿池边树，

僧敲月下门。

“推敲”这个词也是这么来的。

张灵也喝醉了，那酒到他嘴里已经品不出来味道了。他把杯子里的酒一饮而尽，靠在椅子上迷迷糊糊地对下联：

刘伶饮尽不留零。

刘伶是“竹林七贤”之一，张灵也是用刘伶的名字谐音为“留零”，表示自己把酒喝完了。刘伶以嗜酒著称，他说自己“天生刘伶，唯好饮酒，一饮须一斛，五斗才解忧”，刘伶曾经写过《酒德颂》。据说他每次出去都让一个童子扛个铁锹跟在身后，还对童子说：如果我死了，就地挖坑把我埋了就行了。

陈道复也是唐伯虎的好朋友，两人志趣相投，都是画家。有一次，两人一起出去游玩，来到一座花园，唐伯虎随口说出一个上联：

眼前一簇园林，谁家庄子？

唐伯虎来了个一语双关，这里的“庄子”既是说眼前看到的庄园，又是指道家代表人物梦蝶庄周的著作。进到园子里后，陈道复抬头看见墙上有很多题壁诗，看来到这里游玩的人还真不少，其中一首题壁诗落款没有作者姓名，于是陈道复借此发挥：

墙上几行文字，哪个汉书？

陈道复也对了个一语双关，“汉书”在这里首先说是哪个汉子书写的，其次又指“前四史”之一班固撰写的《汉书》。雅趣互谐，两个人抚掌大笑。

在唐伯虎关系不错的朋友中，还有一位理发师傅。一天，唐伯虎到街上去理发，被理发师傅认了出来。理发师傅极力请唐伯虎给自己的理发店写副对联，唐伯虎也是个热心人，加上想露一手，就答应了。唐伯虎的一副对联只用了两个字，是这样写的：

长发长发长长发，

发长发长发发长。

理发师傅端详着连连称妙。唐伯虎以为他只是出于礼貌，随意恭维一番，没想到理发师傅接下来说："这副对联虽然只用了'长''发'两个字，但含义十分丰富，'长'字有长短、生长的意思，还可以解释为常常。'发'可以是头'发'，也可以是'发'财，总之以音含义，变化多端啊。"从理发师傅的解析中，不难看出，他完全是个学识渊博的读书人！

唐伯虎觉得理发师傅的文学修养不错。理发师傅虽然看得出好坏，但能不能对却不知道。于是唐伯虎笑着问："我这里有一上联，师傅能对出下联吗？"理发师傅笑着回答说可以试试。唐伯虎说：

无锡锡山山无锡。

第一个"无锡"指地名，第二个"无锡"指没有锡矿，而且无锡的"锡"和锡山的"锡"连用，紧接着又两个"山"字连用，所以还是有一定难度的。结果没想到，理发师傅不假思索地回答：

平湖湖水水平湖。

结构一样，第一个“平湖”指湖名，第二个“平湖”形容水多，两个“湖”连用，两个“水”连用。唐伯虎见这位理发师傅文思敏捷，对答如流，便和他交了朋友。

小于谦妙对见才

于谦是明朝的清官名臣，浙江杭州人，和宋代的岳飞、明代的张煌言并称“西湖三杰”。他的一首《石灰吟》传诵古今：

千锤万凿出深山，烈火焚烧若等闲。

粉骨碎身浑不怕，要留清白在人间。

这首诗我们都比较熟悉，字里行间表现出作者堂堂一身正气。作者托物言志，以石灰作比喻，表现了自己坚强不屈、洁身自好的品质，抒发了不同流合污，与恶势力斗争到底的思想感情。这首诗写于于谦十七岁时。

于谦的聪明也是从小就表现出来的。一天上学，妈妈给小于谦梳了个双髻，一边一个很可爱，看上去跟小哪吒似的。于谦蹦蹦跳跳上学去了，路上迎面碰见一个和尚。和尚认识于谦，于谦虽然人小，但很机灵，所以和尚经常逗他玩。和尚看小于谦的样子，笑着说：

牛头且喜生龙角。

和尚和于谦开玩笑，把于谦头上两个发髻比成了龙角，但把他的脑袋说成了牛头。于谦可不觉得和尚是开玩笑，他觉得是笑话自己，于是当即回了一句：

狗嘴何曾长象牙。

我们常说“狗嘴里吐不出象牙”，意思是说某个人不会说好话。其实人家和尚是夸于谦呢，于谦也没想那么多，随口对了这么一句。和尚只能暗自吃亏，不过对于谦反应之快还是赞赏有加的。

第二天，妈妈又要给于谦梳个双髻，于谦不愿意，脑袋摇得像拨浪鼓似的对妈妈说：“昨天你给我梳个那样的，有个和尚就取笑我，今天不梳两个了。”妈妈知道了原委，就给于谦梳成了三个髻。于谦很满意，蹦蹦跳跳上学去了。没想到在半路上又遇到了那个和尚，于谦想绕道走已经来不及了。和尚一看，于谦脑袋上多了一个发髻，又和他开玩笑：

三角如鼓架。

放鼓的架子多数是三角形的，这是利用了三角形稳定性的原理。和尚说于谦头上的三个发髻看起来像个鼓架。于谦不吃亏，又立即回了一句：

一秃似擂槌。

于谦把和尚的光头比成了敲鼓的鼓槌，和尚摸着脑袋嘿嘿直笑，虽然脸上尴尬，心里却蛮高兴的。和尚尾随于谦来到学校，对于谦的先生说：“这个孩子将来必成国家栋梁，先生可用心教育。”

于谦八岁那年清明节的时候，跟随父亲和叔叔到郊外踏青游春，先是父亲和于谦不停地比赛背诗，从《诗经》开始一直到唐宋诗词，你来我往谁也难不住谁，父亲对儿子的记忆力很赞许。于谦最喜欢屈原、杜甫、文天祥等爱国诗人的作品，他们的精神对于谦的成长影响很大。当他们来到一个叫凤凰台的地方时，叔叔见景生情，又开始和于谦吟诗作对，于谦照样能够对答如流。父亲和叔叔见于谦如此，自然喜在心上。

再往前走到了一个乡村，来到街口，远远看见一块牌子，上面写着：

癸辛街。

叔叔有些惊奇地说：“三个字的街名随处可见，但是用干支相配的这还是第一次，如果作为上联，恐怕很难对出下联来。”话说到这里，父亲和叔叔好像有了心事，皱着眉头搜肠刮肚要极力找到下联。就在两个人凝神思索的时候，于谦想到《三国演义》中诸葛亮在出祁山时经过的一个地方，其中也有干支，于是高声答了出来：

子午谷。

两个人感到很惊奇，大人想不出来的地名，一个小孩子竟然能答得这么好，不仅说明孩子读书广博，而且可以看出来记忆力很好，这么不常见的地名都能记得住，心想这孩子将来肯定有出息。

后来年龄稍大点了，于谦的学养更加深厚，不仅出口成章不是问题，而且透出异于常人的胸怀抱负。有一回，于谦身穿红色衣衫骑马从桥上经过，正好遇见太守骑着白马从对面走来。虽然一官一民，但太守也久闻于谦的大名，再说自己辖地内出了这样的才子他的脸上也有光，所以平时也有往来。于谦看见太守，主动在马上拱手抱拳打招呼，这是礼节。太守见是于谦，没有像别人那样拱手回礼，而是说了一句上联：

红孩儿骑马过桥。

这一句是因为于谦穿红色衣衫才这么说的。另外，《西游记》中牛魔王的儿子叫红孩儿，曾经用三昧真火把孙悟空烧得够呛，后来还是南海观世音菩萨将他收服，做了观音座前的善财童子。

于谦听太守如此说，应声回了一句：

赤帝子斩蛇当道。

于谦这句更妙，他用了刘邦斩白蛇起义的典故。刘邦当年作为亭长要送苦力去修长城，走到半路就把这些民夫给放了。其中有十几个人愿意跟随刘邦。后来他们在路上看见一条蛇横在路中间，大家都不敢过，刘邦走过去一剑把白蛇斩为两段，路边的草都被蛇血染红了。大家继续前行，没走多远遇见一个老太太坐在路边哭泣，一问原因，老太太说："刚才我的儿子白帝之子躺在路上休息，正好遇见赤帝之子，被他一剑杀死了。"说完不见了踪影，大家一听原来亭长刘邦是赤帝之子，那是神仙下凡啊，于是就推举他带头造反。于谦把自己比成了赤帝之子，把挡在路前的太守比成了白帝之子，不过倒是和他的马的颜色相一致，再者《礼记》里说，"凡马八尺以上为龙"，也就是说龙是高大体长的马。太守不得不佩服于谦的机敏和胸襟气度。

永乐十九年（1421），于谦考中了进士，宣德五年（1430）升兵部右侍郎。有一天，翰林院侍讲刘球与于谦一起商量奏请皇上做好抵御瓦刺南侵之事。公事结束之后，刘球雅兴高涨，向于谦提议对对子娱乐一下。于谦平时便乐于此道，因此随口答应了。刘球的条件是无论上联还是下联都需要用到中药名，而且还要构成文武对，以示救济国难。于谦欣然同意，并说："既然刘大人提议，你又是文官，你就来以文句出上联吧，我是武官，来出武对。"

刘球也不推辞，脱口吟出上联：

湘子吹螵蛸，弹琵琶，唱神曲，声声龟板。

这里的湘子指韩湘子，他无论是吹弹还是歌唱，都属于文事活动。按照要求，刘球用到了海螵蛸，就是我们常说的墨鱼骨，具有止血和除湿的功效；“琵琶”谐音“枇杷”，具有清肺止咳的作用；龟板是龟科动物的腹甲及背甲，具有滋肾壮阳、养血补心的功效。

下面该于谦来对了，于谦略加思索，对出下联：

将军使巴戟，过常山，征木贼，阵阵雄精。

既然将军打头了，自然形容的是征战的武事了。按照要求，于谦也用到了三种中药：巴戟，又叫三蔓草，根茎可作中药，主治肾虚、腰膝酸软等；木贼具有疏散风热、明目退翳、止血的功效；雄精又称雄黄，具有除湿、祛风、杀虫、解毒的作用。对对联能对到这个程度，简直是出神入化了！

金圣叹苦心联对

明末清初苏州府（今江苏苏州）出了一个才子金圣叹。其实金圣叹本不叫这个名字，原名叫金采，因为明朝灭亡他不愿做官，于是改名叫金喟，喟就是“叹息”的意思。古人不仅要有名，还要有字号，字和名往往意义相同、相近或相反，于是金喟就给自己的字定为“圣叹”。

金圣叹的主要成就在于文学批评，他把《庄子》《离骚》《史记》《杜工部集》《水浒传》《西厢记》定为“六才子书”。他批注的《水浒传》《三国演义》流行于世，立论大胆，文笔犀利。另外，金圣叹还被誉为白话文的先驱，只是后来因为“哭庙案”牵连被杀。

金圣叹不仅擅长评注古典名著，而且也工于对联，有的时候为了对出一个合适的对子，不惜耗费时日苦思冥想。我们可以举个例子：一年中秋节的时候，金圣叹一个人在院子里品酒赏月，虽然没有人多热闹，但也自有一番雅趣。

面对天上的月亮，金圣叹的脑子中一直在搜寻着咏月的诗词。忽然，他的脑子里迸出一个上联，于是随口吟了出来：

天上月圆，人间月半，月月月圆逢月半。

这个上联乍一看没什么，什么“月圆”“月半”的？可是仔细一咂摸味道就出来了。这个上联写出了大家都能见到但未必能说得出来的自然现象，天上月圆和人间月半正好是相对的，月亮圆的时候都是人间阴历每个月的十五，是一个月份的一半。前面的月是月亮，后面的月是月份，最后一句是概括月圆的规律。更妙的是，一个“月”字在这个上联中用了六次，“月圆”“月半”各用了两次。

金圣叹吟出这个上联之后，自己不住赞叹，就差给自己鼓掌了。趁着兴味不减，他便在院子里踱来踱去，想努力对出下联。可是直到深夜，下联还是无影无踪，金圣叹只好扫兴地睡去。他第二天一早醒来接着想，就这样搜肠刮肚直到夜半三更，依旧没有寻思出下联。金圣叹索性将上联写到了墙上，每次看到它就思索一阵子，希望能够很快对出下联。但是日复一日，月复一月，转眼就到了十二月十五，月亮又圆了，金圣叹的下联依然没有想出来。这可是这一年最后一次月圆了，难道这个上联真的要孤独终老，孤孤单单过年了？直到大年三十除夕夜，金圣叹一家人坐在一起吃团圆饭守岁，其妻叹曰：“今夜是最后一晚，明日又是一年的开头。”金圣叹一听，茅塞顿开，跳起来，兴奋地挥笔在墙上那个上联的旁边写道：

今夜年尾，明日年头，年年年尾接年头。

年尾是指除夕，年头则是指下一年的正月初一，这两天肯定总是相接的。所以，四个月后写出来的下联总算与上联对得恰切工整。

一天早晨，金圣叹在一家茶馆喝茶，听到旁边桌子上几个人在议论对子如何。一个中年人忽然说：

猫伏墙头风吹毛，毛动猫不动。

猫趴在墙头上，风把猫身上的毛吹动了，但是猫趴着没动，这个对联的特点就是把猫、毛用在一起了，这俩字听着读音很相近。一个长者手捻胡须说：

鹰立树梢月照影，影移鹰不移。

老人下联的意思是说，一只老鹰站在树梢上，月亮把老鹰的影子投到地上，影子随着月亮的移动而移动，但是老鹰始终立在枝头上没动。老人是把老鹰的“鹰”和影子的“影”用到了一起。大家一致叫好，中年人也表示佩服。其实严格来说，“猫”和“毛”两个字都是平声，“鹰”和“影”两个字一平一仄，是没有完全对住的，但大致来说还是不错的，总比完全对不住要强很多。

老人客套一番之后，依旧捻着胡须说：“我也给你们出个上联，你们来对对？”说完，指着盘中的茶点月饼说：

上素月公饼。

意思是说，桌上有素月饼，有些地方把月亮称作月公。在这里比较巧妙的是“上素”与“尚书”谐音。大家听了抓耳挠腮一时对不上来。金圣叹见半天无人应对，脱口而出“这有什么难的，我来对一个”，于是对了一句：

中糖云片糕。

云片糕也是食品，正好与老人的月公饼相对，而“中糖”与“中堂”同音，中堂是官职，与尚书相对。另外，月饼是素的，云片糕是甜的，所以从口味上也是相对的。老人见金圣叹出口不凡，便邀请金圣叹一起喝茶。

老人拱手说：“我看先生工于对句，我这里还有一句，能不能请先生赐教？”金圣叹高兴地催促老人出句。老人不慌不忙地说：

大小子，上下街，走南到北买东西。

这个上联中用到了东、南、西、北四个方位，而且东西在这里还指货物，所以是有相当难度的。大家都觉得金圣叹可能答不出来了，但是没想到金圣叹低头思考了片刻，自信地说：

少老头，坐睡椅，由冬至夏读春秋。

金圣叹的下联用到了春、夏、秋、冬四季，而且春秋还指《春秋》，也称“春秋三传”，即《春秋左氏传》《春秋公羊传》

《春秋穀梁传》。金圣叹话音刚落，满堂响起喝彩之声。老人拱手问金圣叹的名字，金圣叹如实以告，大家这才知道原来是大名鼎鼎的才子。

金圣叹是个才子，他的舅舅也是个才子。他的舅舅叫钱谦益，与吴伟业、龚鼎孳并称为“江左三大家”，顾炎武、郑成功都曾是他的学生。可是这么出名的一位才子舅舅，却难入金圣叹的法眼，金圣叹对他极度看不起。原来，钱谦益曾经在明朝崇祯皇帝手下干过礼部侍郎；李自成攻破北京后，钱谦益投靠南明奸相马士英，做了礼部尚书；清兵南下时他又摇身一变成了清朝的礼部侍郎。古人讲忠臣不事二主，钱谦益短短的一生，先后换了三位主人。这也是金圣叹看不起他的原因，没有气节，反复无常。后来，钱谦益死后入了《明史·贰臣传》。“贰臣”就是在前一个朝代做官，投降后一个朝代又做官的人。

这天，钱谦益过寿，金圣叹本来不想去，但碍于老妈的面子还是过去应付了。钱府张灯结彩，车水马龙，来祝寿的大都是官场人物。大家纷纷送上贺礼，向钱谦益拱手祝寿，只有金圣叹找了个僻静的地方默默地坐着。金圣叹的名气在那里搁着呢，所以尽管他默不作声还是被发现了，大家你推我让把这位才子推到了钱谦益所在的宴席上。酒过三巡，一个宾客站起来溜须拍马：“各位，钱大人是文章泰斗，钱大人的外甥金公子也是满腹经纶才高八斗，他的书法号称铁画银钩，堪称一绝。我们久闻金公子的大名，今日何不趁钱公寿诞请金公子一展才华，现场作诗一首，也好让在座诸位一开眼界。”大家听了纷纷起哄，钱谦益觉得脸上有光，也用殷切的目光看着金圣叹。他虽然知道外甥对自己有意见，但还是希望外甥在这个场合能够给自己留几分薄面。

金圣叹见大家热情相邀，也不便推辞，站起身来微微一笑，说：“盛情难却，我只好献丑了，诗就不写了，写一副对联吧。”众人鼓掌叫好，钱谦益自是喜出望外，真没想到外甥这么给面子，这是一个缓和关系的好机会，于是吩咐侍女准备上好的笔墨纸砚。金圣叹握笔在手，蘸饱了墨汁，不假思索，一气呵成写出了一副对联，然后把笔往桌上一撂，扬长而去。大家过来一看，对联是：

一个文官小花脸，

三朝元老大奸臣。

“大奸臣”我们都明白是什么意思，自然不用说了。“小花脸”是京剧行当中丑角的俗称。这分明是在骂钱谦益呢！钱谦益两眼一翻，晕倒在寿宴上。看他如此对待舅舅，我们也就能够明白他为什么能死于“哭庙案”了。

松龄妙对讽狂生

蒲松龄是明末清初的大才子，山东人，世称“聊斋先生”，以一部《聊斋志异》传名后世。蒲松龄的座右铭是：

有志者，事竟成，破釜沉舟，百二秦关终属楚；

苦心人，天不负，卧薪尝胆，三千越甲可吞吴。

这个座右铭本身就是一副对联，上联用的是楚霸王项羽的故事，下联用的是越王勾践的故事，意在激励自己遇事坚持，只要信念坚定就一定能成功。不过客观而言，在那个官本位的时代，蒲松龄活得很不得意，他并没有能够在官场上占据一席之地，但这并不影响他成为才子，相反他要比那些状元及第却默默无闻的人更让人愿意亲近。这位才子也有不少和对联有关的故事，就像他在《聊斋志异》中多讽刺批判一样，蒲松龄的对联也成了他手中的匕首、投枪。

蒲松龄到京城参加科举考试的时候，半路与一位举子相遇，二人结伴同行，自然少不了互相切磋学习。蒲松龄为人很谦虚，可是那位举子仗着自己是解元，是地方考试的第一名，表现得有些傲慢，他在聊天中说了一个上联：

滴水难起三尺浪。

那意思是在嘲讽蒲松龄难成大器。蒲松龄随即对了一句：

星火能烧万重山。

意思是别看自己是星星之火，同样可以燎原。从蒲松龄的下联可以看出他胸有大志，但志向大未必时运好，蒲松龄并没有在科举的道路上取得最终的成功，没有能够金榜题名、光耀门楣。

在那个时代，科举成功不管能不能改变一个人的命运，至少能改变大家对一个人的态度。考上了，人们马上觉得你是文曲星转世；考不上，则成了大家教育孩子的反面例子。蒲松龄的家乡有兄弟二人，姓周，老一辈为了将来兄弟二人光宗耀祖，分别取名登第、登科，总之都是祝愿能科举成功高中进士的意思。这俩人也争气，果然在同一年考中了进士，这成了当地的一个奇谈。从此以后，周氏兄弟二人鼻孔朝天，眼睛里再也容不下人了。

这年三月初三，城西三台山有庙会，庙会上都要唱戏。周氏兄弟在台下碰见了前来听戏的蒲松龄，此前蒲松龄的名气远远大过周家兄弟，所以周家兄弟一直想找个机会和蒲松龄比个高低。戏还没有开场下面就先“开战”了。周登科和蒲松龄客套几句后说："蒲先生，在下刚才得了个上联，还没有想出下联，不知能否赐教？"这就是向蒲松龄挑战了。蒲松龄抱拳答应，周登科说：

三月三，三台山，三天大戏。

看来进士出身就是不一样，还是读过书的。这个上联虽然不怎么深奥，却在里面用了四个"三"字，而且是即景发挥，"三月三"是时间，"三台山"是地点，"三天大戏"是说庙会上要唱三天戏，所以还是有些难对的。不过蒲松龄不怕，他抬眼向北望去，二道岭就在北方，于是下联有了：

二月二，二道岭，二只小犬。

"二月二"是时间，"二道岭"是自己看到的山岭，"二只小犬"就是两只小狗。周氏兄弟气得鼻子都歪了，蒲松龄真够损的，把他们兄弟比成了小狗！

哥哥周登第见弟弟吃了亏，十分生气，心想：你蒲松龄再出名，毕竟不是进士出身，怎么能和我们比呢？我们兄弟一举及第，衣锦还乡，那是何等荣耀！想到这里，他又有了自豪感和优越感，挺了挺胸脯说："蒲先生，我这里还有一个上联向你请教。"蒲松龄一看收拾了小的大的不愿意了，于是就让周登第赐出上联，周登第开口说：

琼林宴后千钟禄，招赘女状元，花魁独占白玉带。

蒲松龄一听这个上联，知道此人比其弟周登科有水平，首先这个上联说了科举成功后的种种好处，“琼林宴”是为新科进士举行的宴会，“千钟禄”是指俸禄优厚，“招赘女状元”是形容娶得高门贵女，“花魁独占”是指受到京城中花魁的青睐，最后“白玉带”是说朝廷赐的官服。不仅如此，周登第在这个上联中还卖弄了一把才学，他一句上联连缀了六个戏剧的名字，分别是《琼林宴》《千钟禄》《相府招赘》《女状元》《卖油郎独占花魁》《白玉带》。

蒲松龄能听出来其中的玄机，自然就难不住他了。周登第说完，蒲松龄思索了一下，对了一句下联：

汾河湾边万里缘，教子双官诰，墙头马上黄金台。

从形式上来说，对得很工整。蒲松龄也用了六个戏剧的名字，分别是《汾河湾》《万里缘》《三娘教子》《双官诰》《墙头马上》《黄金台》。更关键的是，蒲松龄在对联中暗含讽刺，“教子双官诰”一句的言外之意是“我蒲松龄教子有方，两个儿子双双取得朝廷的封诰”。这就叫骂人不带脏字，轻轻松松打消了周家兄弟的气焰，“你们不是嚣张吗？照样在对联中做我聊斋先生的儿子”。周家兄弟见难不住蒲松龄，最后还被他占了大便宜，顿觉脸上无光，灰溜溜地走了。

还有一位姓石的同乡书生也不服蒲松龄，要找蒲松龄过过招比试高低。这天，石书生在路上碰见了蒲松龄，而且偏巧路边一家砖墙的后面扔着一只死鸡。石书生觉得天赐良句，指着死鸡子对蒲松龄说：

细羽家禽砖后死。

蒲松龄一听就明白了：“这是糟蹋我呢，什么‘砖后死’？砖头的‘砖’和专门的‘专’谐音，‘砖后死’谐音‘专后死’，不就是说刻意死得晚吗？我的名字叫松龄，意为松鹤延年，长寿的意思，长寿不也是死得晚吗？你个姓石的敢侮辱我是那只死鸡！”

蒲松龄这火就上来了，他要反戈一击。蒲松龄说：“石先生，我也不太会对对子，能否一个字一个字对？”石书生说可以。蒲松龄请石书生帮忙，每对一个字就帮他记下一个。蒲松龄问：“粗对细，行吗？”石书生说“行”，然后记下“粗”。蒲松龄又问：“毛对羽，行吗？”石书生说“行”，然后记下“毛”。就这样，蒲松龄接下来又问了五句，分别是“野对家”“兽对禽”“石对砖”“先对后”“生对死”，石书生根据蒲松龄说的又记下来五个字。问完了，蒲松龄说：“可以了，你念一下吧。”石书生把记下来的字连到一起念道：

粗毛野兽石先生。

你把我比成死鸡，我把你说成野兽。石书生顿时面红耳赤，从此再也不敢小看蒲松龄了。

蒲松龄不仅经常用对联教训那些浅薄狂傲的读书人，还敢于和权贵作斗争。这天，蒲松龄正在园中散步，家人说外边王爷府上的王半朝请他去家里赴宴。这个王半朝在家里排行老八，其他兄长都在朝中为官，所以自称王半朝。这个人心地阴险，仗着朝中关系硬，为人霸道，乡亲们都奉承他，当面称他“王八爷”。他只觉得乡亲们是按照排行叫他的，所以也没有想那么多，其实称呼里暗含“王八”。蒲松龄一边往外走一边想：我素来和王半朝没有交往，他怎么会请我赴宴，肯定是夜猫子进宅无事不来。蒲松龄本不答应，想出来向人解释，结果刚到门口，就被来人强拉硬拽地拖着走了。

原来，这个王半朝虚荣心很重，他们家里既有文官又有武将，就自己建了个功德牌坊。他知道蒲松龄才高，想请蒲松龄写个楹联刻到牌坊上。蒲松龄明白了事情的前因后果，也不推辞，来到早就准备好的桌案边，拿起一支大号的毛笔，先写下四个苍劲有力的大字：

三朝元老。

在场的人鼓掌称赞漂亮，大气，笔力千钧。这是用作横批的。接下来，蒲松龄又写了一副七言对联，上联是：

一二三四五六七。

大家一看，这是查数呢？怎么全是数字啊？和横批相比一点也不高明啊！王半朝也皱着眉头百思不得其解，蒲松龄不慌不忙地解释说：“这七个数字指的是您七位在朝为官的兄长。”王半朝点点头：哦，原来如此，明白了，功德牌坊不就是为他们立的嘛，这样挺好！看蒲松龄下边怎么写。蒲松龄接着写道：

孝悌忠信礼义廉。

上边七个字，下边七个字，正好相对。写完，蒲松龄告辞回家。王半朝觉得这是在夸自己七个哥哥呢。管家还给他出主意，让他上下联对着念，王半朝一念成了“一孝二悌三忠四信”，越发高兴了，这不就是称颂我们家德高望重嘛！赶紧找石匠，把这副对联刻到牌坊上。有钱好办事，很快事情就搞定了。

完工了，老百姓笑了，因为王半朝弟兄八个，写了七个，唯独把老八给忘了，礼义廉耻是连着的，前面三个都有，偏偏无“耻”。于是这副对联就成了：

一二三四五六七，忘八；

孝悌忠信礼义廉，无耻。

暗含“王八无耻”，这下子把王半朝骂了个七荤八素。

对联虽小用途大

周渔璜是清初著名学者、诗人，贵阳青岩人，自幼好学上进，一生留下很多对联故事。小时候，周渔璜的塾师很喜欢他，经常陪他练对子。一天，塾师看见母鸡在下蛋，下完还不停地叫着，就见景生情出了上联：

母鸡下蛋，谷多谷多，只有一个。

“谷多”是形容母鸡的叫声，塾师的意思是：“你下一个鸡蛋叫那么多声干吗？”周渔璜听到树上小鸟叫声清脆，听起来有点像“酒醉酒醉”，于是也见景生情说：

小鸟上树，酒醉酒醉，并无半杯。

树上连半杯酒都没有，去哪里喝醉呢？塾师拿着周渔璜的对子反问：

山中无酒，雀子如何歌酒醉？

周渔璜这回把塾师第一次的上联当成了答案：

家里有米，母鸡因此叫谷多。

周渔璜成年后出落得一表人才，有不少人上门为自己家姑娘提亲。附近一户姓贾的财主，想把家里的憨女儿许配给他，托一个媒婆去说合。周渔璜的父亲贪财，一见是贾府提亲，立即满口答应了。但周渔璜对这门亲事有自己的态度，不答应却又不能明着拒绝，他对父亲说：“父母之命，孩儿不敢不听。只是不知道贾小姐人品怎么样。”父亲说：“我见过，相貌百里挑一，而且嫁妆丰厚。”周渔璜又说：

相貌如春花朝露，长留不住；

财富似过眼云烟，坐吃山空。

父亲看周渔璜对婚事不满意，就问：“你打算找什么样的姑娘为妻呢？”周渔璜回答：“我只要找个心灵手巧、知书达理之人。孩儿想了一个上联，不论谁家姑娘，相貌如何，只要能对出下联，我就娶她为妻。”说罢，写出上联递给父亲。父亲托媒婆将上联带给贾府，贾家人一见：

桃李花开，一树胭脂一树粉。

这是形容桃李花开得漂亮。贾家人大眼瞪小眼，谁也对不上来。请人代对，也没有对出来，只好放弃了这门亲事。

周渔璜出对子选妻的事传开了，对周渔璜有想法的姑娘纷纷苦思冥想，但没有一个人能对出来。一个跛脚姑娘听说了，觉得好玩，自己身有残疾，知道配不上周渔璜，出于讨教就写出下联，托人带到周家。周渔璜接过一看：

柑橘果熟，满枝翡翠满枝金。

柑橘是金黄色，叶子是绿色，所以“满枝翡翠满枝金”，很形象。周渔璜顿时大喜，庆幸找到了知音。可是父亲却不同意，说这姑娘家穷不说，还跛脚。周渔璜说：“三国时诸葛亮之妻丑陋，却满腹锦绣，成为丈夫臂膀。这姑娘能对出下联，可见才学不凡，孩儿情愿娶她为妻。”儿大不由爹，父亲见儿子态度坚决，只好同意。周渔璜与跛脚姑娘成亲后，相亲相爱。

周渔璜不仅能用对联招亲，还能用对联救人。他进京赶考的途中遇见一个书生要投河自尽，他拽住书生询问究竟。书生说自己读书十余载，竟然被一个挑夫给难住了，实在没脸活在世上。原来书生也是进京赶考，遇到一位挑夫同行，书生表现得很傲慢，对挑夫一脸蔑视。挑夫很生气，就说：“你傲气啥？我的对联你都不一定能够对出。”说完就给书生出了个上联：

人轻担重轻挑重。

意思是说，担子比人重，但是人却挑着担子。结果书生真的对不上来，挑夫鄙夷地说：“你连我都对不过，还去参加科举考试？别去丢人现眼了，回家好好读书吧！”书生自尊心强，被他看不起的挑夫奚落一顿，心里受不了，因此要投河自尽。周渔璜觉得书生迂腐，笑着说：“首先是你不对，人家虽是挑夫，你也不应小看。我这里有一下联，你可拿给他看。”说完，捡起一截树枝在地上写道：

脚短路长短走长。

书生躬身施礼，感谢周渔璜的救命之恩。

周渔璜科举成名之后，在朝中是很有名气的文人，经常被委派一些重任。江南多才子，那里的考生比较高傲，所以朝廷派过去的考官经常被辱。这一年，朝廷派周渔璜到浙江主持考试。消息传到浙江贡院，考生们议论纷纷，一致认为周渔璜没有真才实学。后来一打听，周渔璜是贵阳人，在考生们眼中更成了蛮夷。考生们都想投一个名望高的宗师，如果主考官是个庸才，很可能会埋没了自己的才华。于是，考生们决定给新任主考周渔璜来个下马威，让他当场出丑，滚出浙江。

周渔璜的轿子到了贡院，考生们站在两厢欢迎。一个考生代表抱拳当胸，高声说道：

洞庭八百里，波涛涛，浪滚滚，宗师由何而来？

洞庭湖在湖南省北部，湖面号称八百里。周渔璜早就听说浙江的考生不好对付，果然如此，这刚一下轿子就要试试我的才学啊！好吧，兵来将挡，水来土掩。周渔璜收敛笑容，凛然答道：

巫山十二峰，雾霭霭，云重重，本院从天而降。

巫山位于重庆市东北部，自然风光独树一帜，这里云雾缭绕，“巫山十二峰”更是名扬大江南北。周渔璜的对答一下子把所有在场的考生给震住了，大家目瞪口呆，好一会儿才缓过神来。就在大家愣着的工夫，周渔璜迈步就往里走，考生们一起高呼：“拜见宗师。”周渔璜连头都没回，说了声“免了”，大摇大摆进了考场。

文人相轻在古代很正常，可有的方外之人也看不起周渔璜，比如金山寺的当家和尚。这位师父在一次周渔璜游览金山寺的时候，总想找机会让周渔璜出点洋相。说来也巧，天突然变了，暴雨打着江边的沙滩，师父故作谦虚地说：“贫僧偶得一上联，能否请周大人赐一下联？”周渔璜从他的脸上看出了端倪，就答应了。师父说：

雨打沙滩，沉一渚，陈一渚。

那意思是说，这一下雨，随着水位上涨，有的沙洲看不到了，有的还在外面露着。周渔璜不假思索地指着佛像前的蜡烛说：

风吹蜡烛，流半边，留半边。

风吹烛焰向一边倾斜，烧着的流下了蜡泪，烧不着的还好好的。师父十分惊讶，马上改变了对周渔璜的态度。

南方有个村子，村子里有一口“渔璜井”。为什么用周渔璜的名字命名呢？这里还有个故事。由于这个村子靠天吃饭，总是缺水，所以乡亲们就联合挖了一口井，想从根本上解决吃水问题。可是井挖好了，只出了一天水就又干了，乡亲们眼巴巴地也没有办法。这天来了个道士，用木炭在井口的石头上写了半副对联：

弯腰桃树倒开花，蜜蜂仰采。

桃树因为弯腰，所以花都在下面开着呢，蜜蜂想采花粉可不得仰着脑袋嘛。道士说，只要能对出这个对子，井就会出水了。乡亲们拿着上联到处请人对下联，附近认字的人都问遍了，也没有解决问题。乡亲们除了围着井转，也没有别的办法，谁让咱对不出来呢！

过了差不多一年，周渔璜路过此地，口渴向乡亲们讨水喝。乡亲们一脸愁云，说：“我们这里水比金子都珍贵，去哪里找水给你喝啊！”周渔璜好奇，就询问原因，乡亲们一五一十地说了。周渔璜让乡亲们把自己领到井边，确实有半副对联，周渔璜想了想，从地上捡了一块木炭，在上联的旁边写道：

歪嘴石榴斜张口，喜鹊横戳。

石榴嘴歪着，开口自然是斜的，喜鹊要想吃到石榴籽，就得横着叼出来。周渔璜刚把下联写好，水井里就仿佛有水声，乡亲们来到井口低头一看，水正“咕噜咕噜”往上冒呢！乡亲们欢呼雀跃，这下有水了！赶紧问写对联的贵人尊姓大名，周渔璜也不隐瞒。乡亲们为了感激周渔璜，就把这口井取名“渔璜井”了。

乾隆帝对联选才

清朝乾隆皇帝是个著名的风流天子，平时超喜欢吟诗作对，据说光他一个人的诗歌数量就超过了现存唐朝诗歌的总数。清朝入关之后，为了稳定统治局面，吸收和采用了很多汉人的治国方法，比如推行儒家思想，实行科举考试。在科举考试的过程中，乾隆皇帝多次发挥自己的长项，通过对联甄别应试举子才能的高低。

有一年科举考试，两个考生均名列前茅，而且主考官在确定谁为状元这个问题上也拿不准，总觉得定了甲，乙吃亏，定了乙呢，甲又吃亏。实在没有办法了，主考官决定奏请乾隆皇帝亲自定夺。乾隆皇帝首先看了两个考生的试卷，确实文笔和见解一时难分伯仲。这可怎么办呢？忽然，乾隆皇帝想到自己一次下江南，在西湖畔作的一个上联来。那天是早晨，乾隆皇帝漫步在西子湖畔，杨柳袅袅轻拂着水面，水面上一层淡淡的烟雾，如梦如幻，乾隆皇帝就脱口吟出了一句上联：

烟锁池塘柳。

可是等到对下联的时候，一时无从下手，就这样一搁就再也没对出来。乾隆想：如果两个考生中谁能对出下联来，我就定他为状元。

乾隆皇帝把两个考生召上殿来，说明自己有一上联，谁能对出下联谁就是状元。两个考生摩拳擦掌，跃跃欲试，都想荣登榜首。乾隆皇帝让主考官宣布上联，结果甲考生一听，躬身施礼退了出去，放弃了。剩下乙考生抱着脑袋苦思冥想纠结了半天，也是没有对出来。主考官一看，这不还是没有结果吗？都没有对出下联，还是难确定谁第一谁第二。可是，乾隆皇帝拿起朱笔在甲考生名字的后面写了两个字“状元”。主考官迷糊了，他也没对出来，怎么定他为状元呢？乾隆皇帝解释说：“虽然两个人都没有对出来，但甲考生瞬间断定，一来说明此人行事果断，二来可见才华必高，因此我定他为状元。”众臣没有不表示佩服的。

乾隆皇帝这个上联为什么能难住两位高才生呢？你可别小看这五个字。这五个字不仅形象凝练地描绘了西湖边绮丽的美景，而且蕴含了金木水火土五行在内。具体怎么表现的呢？就在这五个字的偏旁上。所以这样一来，难度可就不一般了。乾隆皇帝这个上联激起了后来很多人的创作热情，大家搜肠刮肚来对下联，其中也有不错的，比如：

炮堆镇海楼。

虽然也是从偏旁上用到了金木水火土五行，甚至气魄也可以，但总觉得没有乾隆皇帝的上联潇洒随性。

还有一年，江西萍乡有一个叫刘凤诰的考生，此人中了个进士第三名，也就是探花。等到乾隆皇帝在大殿召见前三名的时候，竟然发现这个探花郎刘凤诰只有一只眼睛管用。原来刘凤诰早年患过眼病，家里条件差没有治好，于是就落下了残疾。眼睛是人心灵的窗户，一只眼睛失明自然就影响了刘凤诰的相貌。乾隆皇帝一看，心里直生埋怨，难道我大清朝没人了吗？乾隆皇帝再看看刘凤诰，其貌不扬，脸上的不高兴就流露出来了。乾隆皇帝根据第一印象以貌取人，打心眼里不想录取刘凤诰，于是就说：

独眼不登龙虎榜。

科举考试前三名的榜单一般被人们叫做“龙虎榜”。乾隆皇帝那意思很明白，“你一只眼睛是不能进入前三名的”。可是刘凤诰虽然只有一只眼睛管用，但满腹才华，现在见皇帝有意要把他从前三名里踢出去，心里难免不服。刘凤诰虽然不敢和乾隆皇帝吵架，但他仗着一股子气脱口对出了下联：

半月依旧照乾坤。

刘凤诰用了个形象的比喻，把自己的眼睛比成月亮，别看只有半轮月亮，但依旧能够照耀大地。

刘凤诰本来是带着情绪的，所以声音异常响亮，而且面无惧色。乾隆皇帝还真被他吸引住了，没想到这个考生文才可以啊。“既然你能对，我就再看看你水平究竟如何。”乾隆想到这里，以日月星辰为题出了一个上联：

东启明，西长庚，南箕北斗，朕乃摘星汉。

启明星和长庚星是一个星星，又叫金星，黄昏在西方出现叫长庚星，黎明运行到东方叫启明星，箕、斗都是星宿名，前者形似簸箕而得名，后者形似酒斗而得名。乾隆皇帝话音刚落，刘凤诰立即回答：

春牡丹，夏芍药，秋菊冬梅，臣是探花郎。

刘凤诰先答出了四季的花朵，然后以探花郎作结，既是对花的欣赏，也照应了自己科举第三名的身份，更是向皇帝强调自己是名副其实的第三名。乾隆皇帝见刘凤诰才思敏捷，刚才那点气也没了，反而欣赏起他来，最后御笔钦点他为探花郎。

乾隆二十六年，陕西韩城的王杰考中了状元，可是江南的几个才子不服气，大家决定在聚会的时候用对联压压他的锐气。等到参拜主考官这一天，先是寒暄客套，后来一个江南才子说：

泰岱千峰，孔子圣，孟子贤，自古文章传东鲁。

从泰山说起，泰山是山东的名山，山东古时曾为齐国、鲁国的地域，这里出过孔子、孟子，因此说“自古文章传东鲁”。说完之后，那位才子用挑衅的眼光看着王杰。王杰知道有些人对他状元及第不服，也能听出来这对联是冲他来的。风华正茂的王杰年轻气盛，“自己才华满腹，为什么要受这等羞辱”？于是王杰开口对出了下联：

黄河九曲，文王谋，武王烈，历代道统在西齐。

王杰从黄河切入，引出周文王、周武王，“西齐”和“西岐”谐音。鲁国的文化是从西周文化的发源地西岐传过去的。江南才子听了瞠目结舌，再也说不出话来，只能自叹不如。

后来，这件事传到了乾隆皇帝耳朵里，乾隆皇帝无心去评判谁对谁错，毕竟已经是过去的事了，但双方的对联引起了他的注意。乾隆皇帝有一次当着王杰的面说：“你与江南诸才子的对联虽然不错，但还有些不足。”王杰赶忙说：“请陛下斧正！”乾隆皇帝先让王杰将他的原句写出来，王杰遵命。乾隆皇帝看了一下王杰苍劲有力的书法，再配上对联的内容，还真是形式与内容相当匹配。乾隆皇帝拿起笔来，在王杰对联的前四字旁边，又写了四字“岐山一脉”，这样整个下联就变成了：

岐山一脉，文王谋，武王烈，历代道统在西齐。

这一改，确实要比王杰原来的下联贴切了不少。江南才子上联中的泰山在齐鲁大地上，王杰的原句黄河不只经过陕西，可是如果改成了岐山就不一样了。

从这件事可以看出乾隆皇帝对王杰的喜爱。另外还有一件事也能表现出乾隆皇帝对王杰的喜爱。王杰在赶考途中盘缠用完了，他就写了一个大大的“子”字，让书童拿去当了五十两银子，结果还真有识货的，真给了王杰五十两银子。王杰到京城凭着真才实学状元及第，得到乾隆皇帝的召见。乾隆皇帝听说王杰擅长对对子，就难为他让他写一组三字联，上联、下联都是三个字，横批五个字，还得在这个对联中对皇帝表示感谢。王杰的对联是：

天一统，

地万年。

横批是：

天子重英豪

对联和横批确实是对皇帝的歌颂。可是王杰故意把横批中的“子”字给漏了。乾隆皇帝问为什么，王杰说赶考途中没有盘缠，把这个字当了五十两银子。乾隆皇帝一听，哈哈大笑，让人拿一百两银子把这个字给赎了回来，粘到横批上，竟然天衣无缝，浑然一体。

联对始知天子真

乾隆皇帝虽然贵为天子，但在生活中随时随处都能用到对联，显得平易近人。甚至有些时候，臣子们用对联也能和乾隆皇帝拉近距离，比如乾隆皇帝修改王杰的对联，就让王杰感觉到了皇帝威严中的可亲一面。加上乾隆皇帝生性风趣，并不严格要求臣子们私下和他过于严肃拘谨，所以大家更喜欢退朝后的乾隆皇帝，觉得这个时候享受的是无拘无束的特殊友谊。

一天，乾隆皇帝退朝之后召集几位大臣玩乐。他们来到市井，走街串巷，时近中午走进一家饭店，老板将大家让进雅间，准备酒菜去了。乾隆皇帝用食指敲着八仙桌，突然像发现了新大陆似的问："你们谁知道八仙是哪几个？"皇帝冷不丁问了这么一个问题，其中两位大臣还真一下子想不起来是谁了。我们经常会遇到这种情况，本来很熟悉的问题，突然被人一问，忘了。还剩一位大臣，他赶紧回答皇上的问题："陛下，八仙指的是吕洞宾、汉钟离、曹国舅、张果老、李铁拐、韩湘子、蓝采和、何仙姑。"

乾隆皇帝听大臣说一个，就扳着指头数一个，等数到何仙姑了，乾隆皇帝一皱眉。那位大臣赶紧问怎么了，是不是错了。乾隆皇帝答非所问说了一句：

七男一女同桌凳，何仙姑怎不害羞？

古代讲究男女授受不亲，换一般人，一个女的和七个男的经常在一起，那是要被指责的，所以乾隆皇帝才有这么一问。说出八仙的那位臣子平时就爱开玩笑，他听皇帝这么说，就回答：

三宫六院多姬妾，圣明主理当自爱。

皇帝有三宫六院七十二嫔妃，妻妾成群，所以经常会出现后宫为争宠闹得不可开交的现象，另外这也对皇帝的身体有很大的影响，所以臣子才会提醒乾隆皇帝自爱。乾隆皇帝的脸色当时就变了："说八仙呢，怎么还扯上我了？"乾隆皇帝刚想发作，那位臣子说话了："陛下，臣对的下联还算工整吧？"乾隆皇帝再一琢磨，确实挺工整，而且也有道理，"他说的是'圣明主理当自爱'，如果我不自爱说明我是昏君了，如果我发作自然也不是明君所为了"，想着想着，气也就消了。

也可能是善听臣子们的劝谏吧，乾隆皇帝在位六十年，活了八十八岁，这在古代帝王中还是不多见的。乾隆皇帝七十大寿的时候，大臣们纷纷表示祝贺，他给自己写了一副寿联：

七旬天子古六帝，

五代孙曾余一人。

这副对联显然是自夸。乾隆皇帝得意地认为，包括他在内共有六位帝王活到了七十岁，但只有他自己是五代同堂。

乾隆皇帝作对子的热情不亚于当年的明太祖朱元璋，也是看见什么都能拿来入对。当时皇城北京有个酒楼叫天然居，有一天乾隆皇帝带着纪晓岚、和珅等人微服私访，来到酒楼上用饭，酒楼客来客往，生意很红火。说是微服私访，其实早就有人为他们安排好了雅间，外面嘈嘈杂杂，一门之隔却是另一个世界，很安静。乾隆皇帝摇着折扇口吟一联：

客上天然居，居然天上客。

和珅很擅长溜须拍马，说："皇上，您这一联可谓妙得很啊，前后两句全然对称，后句五字是前句五字的颠倒，不仅语意通顺，而且平仄互谐。简直是前无古人、后无来者！"

乾隆皇帝心里美滋滋的，可是下句怎么对呢？"后无来者"，真让和珅给说着了。乾隆皇帝时而张望远方，时而凝神思索，可是下联就是没有着落，乾隆皇帝直问自己：怎么就没有符合条件的情景呢？和珅一看皇帝憋住了，就拿眼睛看纪晓岚，让他想办法接下句。可是纪晓岚呢，装作没看见，只顾坐在那里喝茶。和珅走过去，拍一下纪晓岚的肩膀：“老纪，赶紧对啊，你看把皇上给难为的！”纪晓岚小声回答：“和大人，您都说了前无古人、后无来者，那是对皇上多高的评价啊，我如果对了下联，那不是把皇上上联的水平给降低了吗？怨就怨你嘴快说了那句话！”

这时，乾隆皇帝也把目光投向了纪晓岚，嘴里却说着：“诸位爱卿，大家可以动动脑子，看怎么对。”臣子们领命，不管真假皱着眉头思考了起来。就在大家没有头绪的时候，纪晓岚开口说出了自己的下联：

人过大佛寺，寺佛大过人。

乾隆皇帝频频点头，大家也鼓掌称赞，无论是语意还是平仄，都与乾隆皇帝的上联相映成趣。不过，后来有个书生觉得乾隆皇帝的上联还可以有别的对法，于是他也对了一句：

僧游云隐寺，寺隐云游僧。

对仗也很工整，而且要比纪晓岚的更妙。

乾隆皇帝在一次下江南时，在一个湖畔看到一个人头戴斗笠，靠在岸边的大树下垂钓。雨不大，经风一吹，雨丝像一条条斜线。虽然钓鱼的人戴着斗笠，但毕竟没有穿蓑衣遮不住全身，所以身上一边湿一边干。湿的那边雨水顺着衣裳滴到地上，然后又流进了湖中。乾隆皇帝觉得有趣，就把看到的这一幅画面编成了一个上联：

半边淋雨，点点滴滴，化为长江巨浪，东至广，南至广，西至广，北至广，登秦楼而阅五大名峰，观山观水观日月，大清一统天下。

这上联够长的，从钓鱼者被雨淋切入，写到四面八方曲折奔流的长江巨浪，最后落脚到“大清一统天下”，气势扑面而来，不过这种随意发挥简直就是一个意识流，对联中明显洋溢着自得的神情。

乾隆皇帝正在为自己的句子感到得意，大臣们正在阿谀奉承的时候，就听到树下那位钓鱼的人说：

一介寒儒，磊磊落落，才成锦绣文章。乡之魁，庠之魁，会之魁，殿之魁，步金阶以入十八学士，安民安国安社稷，今朝万古忠臣。

钓鱼的人说，自己虽然是个穷苦的读书人，但胸怀锦绣文章，有才，乡试第一，会试第一，殿试还是第一。乡试被录取的称举人，第一名称解元；会试第一名称会元；殿试第一名称状元。这位钓鱼的这么说，意在说自己有才，并不是说他真的一路考试都是第一，真要是那样，他现在也不会沦落到钓鱼了。或者说，他之所以这样讲是他对自己才能的自信，自己如果考试肯定一路都是头筹。“十八学士”是指唐太宗李世民文学馆中的十八学士，比如房玄龄、杜如晦等，这些人全是治理国家难得的人才。李世民把十八个人分成三拨，每拨六人到文学馆讨论典籍，商讨军国大事，当时人称“十八学士登瀛洲”。钓鱼人这么说也是自己的志向，只有像“十八学士”那样，才能实现“安民安国安社稷”的政治愿望，并最终成为“万古忠臣”。这个下联对得不仅工整精妙，而且不卑不亢，看来这个钓鱼的人还真有两把刷子。

乾隆妙对走民间

据说乾隆皇帝还因为一副对联帮过一家三兄弟。事情是这样的：乾隆皇帝在一次微服私访时，来到了乡下一户人家，发现这一家门户破败，但门口贴的对联口气大得吓人，对联是这样的：

打遍天下吃肉，

唯有皇上当家。

横批是：

万民供养

乾隆皇帝想："溥天之下，莫非王土；率土之滨，莫非王臣"，天下都是我的，我都不敢这么大口气，这一家人是干什么的？再一看，这副对联还有些异样，别人家的对联都是出自一个人之手，这一家对联有点意思，上联、下联、横批明显是三个人写的。乾隆皇帝也顾不得那么多，

"反正你让我不高兴就没你的好果子吃，谁给你那么大胆子和我争威风"？先让衙门抓人吧，于是地方官遵照皇命把这一家人全给带到了县衙。

这一家弟兄三个，被逮进县衙一头雾水，究竟犯了什么法，他们自己一点也不知道。乾隆皇帝真动肝火了，亲自审问："大胆刁民，好大的口气，门上所贴对联究竟什么意思？说得清楚也就罢了，否则重重法办！"哥仨一听，闹半天是这么回事啊，看来古人说祸从口出还真是有道理的。老大磕头解释说："大人听我说，我们哥仨至今尚未成家，光棍三条。我是个打猎的，就靠满山遍野地跑着打猎，卖个猎物换个散碎银子充当生活费，因为打猎所以没断过吃野味，这个上联是我写的，就是写的我自己。"

老大解释完了，老二也磕头解释说："大人，下联是我写的，也是写的我自己。我没有别的爱好，只喜欢推牌九，我们都把牌九的九点称为'皇上'，所以我的下联才那样说。"轮到老三了，老三说："爹娘死得早，我从小无人看管，沦落为乞丐，整天靠讨百家饭为生，所以我才将横批写作'万民供养'。"乾隆皇帝一听明白了，原来是个穷苦人家，马上让人给老大、老三一些散碎银子，让他们自己找个营生。老二也厚着脸皮过来要钱，被皇上一句话给噎回去了："我怕你把我的金銮殿给输掉。"因为这一句话，老二后来也改了赌博的恶习。

关于乾隆皇帝的戏剧很多，京剧里有一出《游龙戏凤》，说的就是乾隆皇帝和一个叫梅凤的姑娘调情的故事，故事中多次用到了对联。乾隆皇帝在一次下江南时到梅龙镇游玩，看到一家厅堂上的对联有些意思，上联是：

潜心读诗书，一轮明月眼前亮。

下联是：

冷眼观世事，两袖清风心底宽。

乾隆皇帝觉得这副对联一定出自高人之手，不说字写得龙飞凤舞，内容也是很有一番经历的。

就在乾隆皇帝欣赏对联之时，屋内走出一位年轻女子。女子见乾隆皇帝装束气度不凡，赶忙让座敬茶。乾隆皇帝生性风流，见女子清秀俊美，便接过茶半开玩笑地说：

盏中香茗清汤，难压空谷虚火。

那意思是喝茶挡不住肚子饥饿。姑娘见这位客人饿了，便很诚恳地说：

厨下淡饭粗茶，聊添曲道生机。

姑娘那意思是说，马上给你弄点吃的去。

姑娘说到做到，一会儿就端来了四个菜和一碗白米饭。四个菜分别是油炸豆腐、小炒菠菜、豆渣拌蒜叶、冷冻鱼羹。俗话说，饿了吃糠甜似蜜，乾隆皇帝也顾不得身份，风卷残云，一会儿就把饥饿赶跑了。饭饱有了精神，乾隆皇帝指着油炸豆腐问什么菜，姑娘说黄金镶白玉，因外面一层是金黄色，里面是乳白色，所以叫“黄金镶白玉”。乾隆皇帝又指着菠菜问什么菜，姑娘说红嘴绿鹦哥，菠菜根是红的，叶子是绿的，也很形象。乾隆皇帝觉得菜名好听，姑娘反应也快，于是又问豆渣拌蒜叶是什么菜，姑娘说叫雪花裹翡翠，豆腐渣是白的，蒜叶是绿的，所以这么叫。乾隆皇帝听到这里，把豆渣拌蒜叶拟成了一个上联：

热雪怎裹粒粒翠玉？

没想到姑娘指着冷冻鱼羹说出了下联：

冷冰能封根根银针。

因为鱼有刺，又是冻鱼羹，所以刺都在里面封着呢。

这一问一答之间，乾隆皇帝觉得姑娘才学不凡，不禁笑着问：“敢问小姐贵姓芳名？”姑娘没有直接回答，而是指着墙上的一幅画嫣然一笑，说自己的姓名就在画中。乾隆皇帝看画中一只彩凤站在梅枝上，旁边还题有一副对联：

凤不凌云去，
梅将傲雪开。

乾隆皇帝恍然大悟：“姑娘定叫梅凤无疑。”姑娘点头称是。

忽然，乾隆皇帝指着墙上的画说：“画虽然布局得体，下笔传神，但是……”姑娘赶紧说自己初学丹青，还请赐教。乾隆皇帝说：

何曾寒梅栖彩凤？

哪有把彩凤和寒梅组合到一起的啊？姑娘一听，眼圈红了，回答说：

会由浅水引游龙。

看来姑娘心气还是很高的。不过看此情形，应该背后有故事。一问才知道，原来梅凤家里曾是几代清官，后来父亲受到奸臣陷害，才回乡闲居。乾隆皇帝前面看到的那副对联就是她父亲闭门读书的生活写照。没想到父亲不久前又因病去世，剩下梅凤和妈妈相依为命。

乾隆皇帝见梅凤才貌双全，不觉心生爱慕，再听听她的家世，越发有了怜香惜玉的念头，于是安慰说：

但求彩凤迎红日。

说着，把手伸进怀中，故意露出了龙袍的一角。梅凤眼尖，赶忙跪倒地上说：

只盼金龙降瑞云。

乾隆皇帝见一个有情一个有意，就解下金丝玉带赐给了梅凤，并承诺后会有期，于是恋恋不舍地走了。

看来在乾隆皇帝这里，对联还真的是有很多妙用，可以选拔人才，可以开玩笑，可以谈情说爱。不过，他也有被名不见经传之人难住的时候。一天，乾隆皇帝带领一位大臣乔装改扮，到街上接地气去了。在一家酒馆喝酒的时候，来了一位卖唱的歌女，乾隆皇帝闲来无聊就问歌女姓名，歌女说自己姓倪。乾隆皇帝随口说：

妙人兒倪氏少女。

乾隆皇帝在上联里用了两个拆字，第一个把“妙”字拆成了“少”“女”，第二个把“倪”字拆成了“人”和“兒”。乾隆皇帝说完，让随身的大臣来对，大臣在皇帝面前不敢放肆，一直说自己愚钝对不出下联。歌女见状，答道：

大言者诸葛一人。

乾隆皇帝发觉歌女对得很妙，“一”与“人”合在一起为“大”，“言”与“者”合在一起不就是个“诸”字吗？歌女也不知道眼前的客人是谁，答完了又笑着出了一个上联让乾隆皇帝来对，歌女的上联是：

冰冷酒一点二点三点。

“冰”字当时写作“氷”，只有一点，“冷”字偏旁是两点，“酒”字偏旁是三点。所以这个上联后面的数词是对前面三字偏旁的概括。这个不比乾隆皇帝的上联简单，所以这次该乾隆皇帝对不上来了。

乾隆皇帝窘得面红耳赤，只好悻悻地离开酒馆。刚一出门，碰见一个卖花的，跟随的大臣灵机一动对了一句：

丁香花百头千头万头。

这样才算给乾隆皇帝解了围。乍一看这个下联一头雾水，为什么“丁香花百头千头万头”呢？这还是根据字的某一部首说的。具体来说，“丁”字的第一笔是一横，“百”字的第一笔也是一横，因此可以说“丁”字的第一笔是“百”字的头；“香”字上面是个“禾”字，而“禾”字中间含有一个“千”字，所以说是“千头”；“花”字的上面是草字头，万字的繁体“萬”上面也是草字头，因此说是“万头”。

君臣联对显才学

在电视剧《铁齿铜牙纪晓岚》中我们看到，纪晓岚经常跟在乾隆皇帝的身边，博学多才，而且为人诙谐。纪晓岚是《四库全书》的总编，没有极深厚的学养，肯定是难当此任的。乾隆皇帝爱对对子，纪晓岚和他在一起自然也少不了经常需要应对一番。

乾隆皇帝和纪晓岚经常以对对联为娱乐手段。比如一次乾隆皇帝说：

两碟豆。

纪晓岚对：

一瓯油。

乾隆皇帝改口说，我念的是：

两蝶斗。

两只蝴蝶在嬉戏。纪晓岚也马上改口说，我对的是：

一鸥游。

一只海鸥在水上浮游。乾隆皇帝看没难住纪晓岚，又改口了，说自己念的是：

林间两蝶斗。

树林里有两只蝴蝶在嬉戏飞舞。纪晓岚也随即改口说，我对的是：

水上一鸥游。

水上有一只海鸥在游泳。君臣二人对到这里哈哈大笑，互相佩服对方的才学。

乾隆皇帝在带领群臣游江南的途中，见一个池塘里的荷花正含苞待放，好像一个个粉红的拳头。他忽有所感，就以含苞待放的荷花和拳头之间相像这一特点，编出一个上联：

池中莲苞攥红拳，打谁？

完全是比喻加拟人的手法，那么多粉红的拳头，究竟是要打谁呢？说完了，乾隆皇帝点名让纪晓岚来对。纪晓岚发现池塘边上种了一些剑麻，绿叶挺拔，就像伸着手掌一样，于是纪晓岚的下联是：

岸上麻叶伸绿掌，要啥？

不仅对得工整，而且全是以江南景物入对，切合时宜。更难能可贵的是，二人对联的前半部分文雅，后半部分通俗，“打谁”“要啥”显得非常口语化，雅俗共赏，韵味十足。

还有一次纪晓岚陪着乾隆皇帝出游，他们来到一座桥上，这座桥与常见的桥不一样，四方八角，样式壮美。乾隆皇帝脱口说出一句上联：

八方桥，桥八方，站在八方桥上观八方，八方八方八八方。

八方桥的每一个边对着一个方向，所以说“八方桥，桥八方”，站在这样的桥上向每一个边对着的方向看，这就是“站在八方桥上观八方”，最后一句里面既有桥的特点也有方向，总之，一个上联中“八方”一词出现七次，既有气势，又妙趣横生。这样的上联，对于一般人来说是很难招架的。可是对于大才子纪晓岚，还不算太难。纪晓岚沉吟片刻，这个沉吟是技巧，一是思考，二是给皇帝留面子。纪晓岚略微想了一会儿，对道：

万岁爷，爷万岁，跪在万岁爷前呼万岁，万岁万岁万万岁。

乾隆皇帝一听，差一点没乐喽：“好你个纪晓岚，怎么拿我做了下联呢？”这就是纪晓岚的高明之处，如果也以什么建筑为题的话，就落入俗套了，可是如果以眼前的万岁为题、以人对物，就显得灵动了。再者“八方”是两个平声，既是名词又是数词，“万岁”是两个仄声，同样既是名词又是数词，对得天衣无缝。更高明之处在于，上联显示出了作为皇帝的胸襟气度，而下联则巧妙地表现出了臣子对于皇帝的恭敬。

再来讲一个出游的对联故事。还是在下江南时，一次纪晓岚陪乾隆皇帝同游杭州。他们在街头漫步时，乾隆皇帝看到一家杂货铺门口悬挂的招牌上写着：

黄杨木梳。

乾隆皇帝忽然心血来潮，有意要难一难纪晓岚，“我就不相信没有什么难不住你”。于是，他眯着眼睛，假装不知道地问纪晓岚：“纪爱卿，前面那挂着的是什么？”纪晓岚马上就意识到这是皇帝要为难他，如果自己直接说招牌，皇帝该生气了。“我不知道，那是招牌吗？你是说我眼神儿不好呢还是讽刺我无知呢？”这不麻烦了！轻则惹皇帝生顿气，重则还会获罪。纪晓岚经常跟着乾隆皇帝到处走，一向知道皇帝的用心，那么就投他所好吧。

纪晓岚脑子飞速运转之后，打定了主意说：“万岁，那是对联。”乾隆皇帝眼睛一瞪，声音提高了几个分贝，问：“岂有此理，对联对联都是成对的，怎么能只有上联没有下联呢？你既然说是对联，你自己看看，下联在哪里？”纪晓岚赶紧回答说：“万岁，您虽然来过江南，可能还不知道这里的风俗，您想杭州是什么地方？文物之乡，街头巷尾处处都暗藏着各种佳联巧对。您别急，有上联就一定会有下联，这就要靠我们留神观察了。”

被纪晓岚这么神乎其神地一说，乾隆皇帝半信半疑，说不定这里真有我不知道的风俗呢。于是跟着纪晓岚，伸着脖子瞪着眼睛，到处看街道两旁悬挂的各类招牌。君臣二人边找边聊天，纪晓岚劝乾隆皇帝别急慢慢找，乾隆皇帝一再强调找不到要治纪晓岚的罪。找着找着，纪晓岚眼前一亮，用手指着不远处说：“万岁请留意，下联就在前边。”乾隆皇帝走上前去一看，一家商铺的门口悬挂着一块古色古香的招牌，上面书写四个字：

白莲藕粉。

正好能和前面那个“黄杨木梳”构成一副对联，贴切工整，浑然天成。乾隆皇帝见真没难住纪晓岚，还得到了一份乐趣，越发觉得和纪晓岚在一起妙不可言了。

有这样机敏的大臣，乾隆皇帝能不喜欢吗？既然喜欢，就经常带在身边，甚至晚上读书乾隆皇帝都让纪晓岚陪着，这样好随时咨询。这天晚上，乾隆皇帝又让纪晓岚陪着夜读，中间休息的时候，突然问了纪晓岚一个问题：“纪爱卿，京城附近都有哪些县？”纪晓岚听了，马上觉得这是皇帝开玩笑呢，这是常识啊，他是皇帝，能不知道？因此笑而不答。乾隆皇帝见纪晓岚没有回答，又问了一句。纪晓岚回答说：“陛下，您是真不知道还是考臣呢？”乾隆皇帝揉揉眼说：

“困了，脑子记不起来了，你不会也记不起来了吧？”

纪晓岚听乾隆皇帝这么说，拿起笔来在一张纸上写了一副对联：

密云不雨旱三河，虽玉田亦难丰润；

怀柔有道皆遵化，知顺义便是良乡。

就表面意思来看，上联是说虽然满天乌云，但就是没有下雨，所以三河大旱，即便是田中产玉老百姓也难以过上丰衣足食的日子；下联讲的是儒家精神，怀柔是统治的一种手段，是仁德之术，因为讲究道义所以人们遵从教化，知道按照儒家精神行事之处就是好地方。可是再仔细看就会发现，这副对联是纪晓岚在回答乾隆皇帝的问话呢。换句话说，他把北京周围的县名都给嵌进对联里了，每一联四个县名，上联里有密云、三河、玉田、丰润，下联里有怀柔、遵化、顺义、良乡。纪晓岚将对联写出来后，恭恭敬敬递给乾隆皇帝。乾隆皇帝一看，这种回答真是巧妙之极，十分贴切，也只有纪晓岚能够做到这样。

妙联常乐帝王心

古人老是讲“伴君如伴虎”，还是非常有道理的。和皇帝交往，危险因素太多，一句话不合时宜有可能就会招来杀身之祸。所以那些佞臣为什么在皇帝面前吃得开，就是因为他们能哄皇帝开心，哪怕出卖自己的良心和人格也在所不惜。作为忠臣或者贤臣，哄皇帝开心就不能用佞臣的方法了，得用智慧。纪晓岚和乾隆皇帝交往，主要靠的是智慧。

乾隆皇帝即便被纪晓岚难为，也不会生气。比如一年元宵节，宫廷里照例举行大型的猜灯谜活动，每一个参加的人不仅要出灯谜，而且要猜灯谜。纪晓岚就在文华殿大宫灯上写了一副含着灯谜的对联让乾隆皇帝来猜，这副对联是这样的：

黑不是，白不是，红黄更不是，和狐狼猫狗仿佛，既非家畜，又非野兽；

诗也有，词也有，论语上也有，对东西南北模糊，

虽是短品，却是妙文。

乾隆皇帝年年猜灯谜，还没有什么能够难得住他，可是这个灯谜确实让他费了脑筋，百思不得其解。乾隆皇帝踱着步，辗转寻思，一脸愁态。纪晓岚站在旁边乐呵呵看着，猜灯谜的目的就是娱乐嘛。

乾隆皇帝到最后也没有猜出，不得已就向纪晓岚请教。纪晓岚笑着说："皇上，猜谜。"乾隆皇帝说："我知道是猜谜，现在问你谜底呢。"纪晓岚又说："皇上，猜谜啊。"乾隆皇帝脸上不高兴了，提高了声音说："难道我不知道这是在猜谜吗？我这不是猜不出来了才问你谜底吗？"纪晓岚看乾隆皇帝要生气了，也不敢再卖关子了，赶紧笑着解释清楚："皇上，我说这副对联灯谜的谜底是'猜谜'。"乾隆皇帝一听："什么？猜谜？怎么会是猜谜呢？你给朕解释解释！"

皇帝这就是下旨了。纪晓岚说："皇上，咱先说这上联啊，您说'黑不是，白不是，红黄更不是'，那不就是'青'了吗？'和狐狼猫狗仿佛，既非家畜，又非野兽'，其实就是狐狼猫狗的偏旁'犭'，'犭'就是个偏旁，所以一不是家畜，二不是野兽。'犭'和'青'合到一起不是个'猜'字吗？"纪晓岚说着，乾隆皇帝在手上比画着，还真是个"猜"字。纪晓岚刚要去接着解释下联，乾隆皇帝拦住了，说："行

了行了，老纪，下边的我来解释吧。‘诗也有，词也有，论语上也有’，诗词论语四个字共有的也是它们的偏旁‘言’，‘对东西南北模糊’自然就是‘迷’了。‘言’和‘迷’合到一起就是‘谜’字。可是老纪，你为什么说‘虽是短品，却是妙文’呢？诗词虽有短章，但也不乏巨制啊。”

纪晓岚笑着回答：“皇上，这个短品指的不是诗词，就是谜语，灯谜都不长吧？不过臣这个灯谜相对算是长的。灯谜虽是难登大雅之堂的小玩意儿，但能让人搜肠刮肚凝神寻思，难道算不得妙文吗？其实皇上已经知道了谜底，还非要我来解释。”乾隆皇帝又是一愣：“我已经知道了谜底？我知道还让你说什么？”纪晓岚说：“皇上当然已经知道了谜底，您刚才不是说了‘我知道是猜谜’，您都已经把谜底说出来了，还让我来解释。”乾隆皇帝这才发现，原来是纪晓岚给自己找台阶下，君臣会意，相视一笑。

乾隆皇帝和纪晓岚是几十年的君臣关系，纪晓岚 20 岁时就给乾隆皇帝做了侍读学士。两个人一起游山玩水，吟诗作对，每次乾隆皇帝都能从纪晓岚那里学到不少东西。纪晓岚呢，也总是坚持在不违背良心的情况下让皇帝开心。一个人一年里通常什么时候最高兴？过生日的时候。这时宾朋满座，很少会有惹你难过的人。乾隆皇帝每年过生日自然也非常高兴，特别是他最喜欢看大臣们送给他的寿联。每一副寿联都充满着歌功颂德，让乾隆皇帝心里乐滋滋的。

在给乾隆皇帝的寿联里，纪晓岚的自然要数上品了。

乾隆皇帝五十大寿的时候，纪晓岚精心撰写了一副寿联，是这样的：

四万里皇图，伊古以来，从无一朝一统四万里；

五十年圣寿，自今而后，尚有九千九百五十年。

上联是颂清朝版图广大，下联是祝皇帝万寿无疆，因为臣子们经常称呼皇帝“万岁”，当时乾隆是五十岁大寿，所以才有下联的“自今而后，尚有九千九百五十年”。

再看一副纪晓岚写给乾隆的八十岁寿联：

八千为春，八千为秋，八方向化，八风和庆，圣寿八旬逢八月；

五数合天，五数合地，五世同堂，五福备至，嵩期五十有五年。

上联“八千为春，八千为秋”用了《庄子》中大椿树的典故，这棵大椿树寿命很长，以八千岁为春，八千岁为秋；“八方向化，八风和庆”则指天下太平；再下一句则是说过八十大寿的时间。下联“五数”指阴阳也就是我们说的八字；“合天”“合地”则是说天格、地格很正；“五世同堂”指子孙多；“五福”指寿、富、贵、安乐、子孙众多，对于乾隆皇帝来说确实五福齐全；“嵩期”指在位的时间，登基之后大家要山呼万岁，又称嵩呼万岁，乾隆皇帝二十五岁登基，现在是八十岁，已经在位五十五年，所以说“嵩期五十有五年”。这对联写得构思精巧，乾隆皇帝自然是看在眼里，喜在心中。

纪晓岚不仅通过对联让龙颜大悦，还帮助过朋友。乾隆皇帝每年都要在中秋节后到热河去打猎。乾隆皇帝八十岁那年到热河途中经过万松岭，这里是一处行宫，也是乾隆皇帝每年重阳节登高的地方。乾隆皇帝在此休息的时候，对随行的大臣彭元瑞讲：“把此处的楹联全部换成新写的，朕登高时要品评。”皇帝的话就是圣旨，彭元瑞连日构思，争取能够早日完成任务。

一天，彭元瑞在行宫殿外边踱步边思考对联，发现苍松夹着御道，像一排排卫士，轻风吹拂，松枝摇动，又像老翁的胡子。彭元瑞就此得一上联：

八十君王处处十八公道旁介寿。

乾隆皇帝当时八十岁，故称“八十君王”，“十八公”是个“松”字，“介寿”就是祝寿的意思。这个上联的意思是说，八十高寿的乾隆皇帝驾临万松岭，这里的松树都在为皇帝祝寿。在这个上联中，彭元瑞还将“八十”颠倒用了一次。可是去哪里找这么贴切的下联情景呢？这让彭元瑞着实为难了。

这才是自己给自己出难题，自己实在对不出了，他就想到了留守京城的好朋友纪晓岚。彭元瑞让人把上联快马加鞭送到了京城纪晓岚的手中。纪晓岚让人稍等，不多时原信交给信使退回。彭元瑞以为纪晓岚也没辙才退回原信的，结果打开一看，纪晓岚在自己上联的旁边已经对出了下联：

九重天子年年重九节塞上称觞。

用“九重天子”对“八十君王”，然后又将“九重”颠倒过来指重阳节，真是妙极！这里“称觞”的意思是举杯祝酒，正好对应上联的“介寿”。彭元瑞不得不佩服纪晓岚胜自己一筹。

乾隆皇帝到万松岭登高的时候，看到这副对联赞不绝口，直夸彭元瑞有才，赏赐他很多珍贵物品。彭元瑞不敢贪功，实话实说：“万岁，上联是我自己写的，下联是纪晓岚大人对的，所以臣不敢冒功领赏！”乾隆皇帝见彭元瑞不贪功，很赞赏，答应回京后对纪晓岚另行赏赐。

纪晓岚妙用对联

纪晓岚刚做乾隆皇帝的侍读学士时，很不自在。且不说每天需要谨言慎行唯恐惹怒了皇帝，光是每天除了给皇帝读史书外无事可做就让人感觉很无聊，简直就是个单喇叭立体声的复读机。自己一个人陪皇帝待在宫中，妻儿老小住在乡下，谁也见不了谁。所以，纪晓岚闷闷不乐，脸上就带出来了，偶尔还会出现心不在焉的情况。

乾隆皇帝察觉出来纪晓岚不大安心，也能够理解，谁背井离乡这么久都会这样。再说了，皇宫看似人人向往，可是真住进来每天感受不到外面的新鲜气息，谁都会百无聊赖。乾隆皇帝能够体谅纪晓岚的苦衷，加之喜欢纪晓岚超群的才学，也就没有责备他。相反，一天乾隆皇帝还和纪晓岚开了个玩笑，他说：纪爱卿，我看你这些日子心神不宁的，是不是有什么心思啊？难道是：

口十心思，思妻思子思父母？

“口”“十”“心”合到一起是个“思”字，这是拆字联，乾隆皇帝还真看穿了纪晓岚的心思。纪晓岚正找不到理由请假回家探亲呢，听皇上出这么一个对子，马上来了精神，跪在地上非常虔诚地说：皇上，微臣那点心事还真没瞒过您的慧眼，如能蒙皇上恩准回乡探亲，我将是：

言身寸谢，谢天谢地谢君王。

纪晓岚如法炮制，也用了拆字的方法，把感谢的“谢”拆分成了“言身寸”。乾隆皇帝见纪晓岚对得工整，而且这都谢了恩了，便顺水推舟准了纪晓岚的假，让他回乡探亲去了。

纪晓岚在上面这副对联中用到了“思”字、“谢”字，虽然拆字见巧，但毕竟有些露了、白了。有时候，纪晓岚在对联中还能做到不着一字尽得风流。纪晓岚有个表弟姓牛，在天津府任太守。牛太守给儿子完婚的时候，想邀请纪晓岚过去捧场。偏巧纪晓岚公事缠身，好事当天难以到场。但纪晓岚承诺，当天会有贺联送到，次日自己再登门道贺。牛太守也知道表兄事情多，不敢强人所难，就答应了。

牛公子结婚当天，果然收到了纪晓岚的贺联：

绣阁团圞同望月，

香闺静好对弹琴。

众亲友除了看字写得好，对联到底什么意思谁也没明白。第二天纪晓岚真的登门道贺，牛太守上来就问昨天的贺联什么意思。纪晓岚哈哈大笑，说：“表弟，那是用了你们家的两个典故啊，这你都没有看出来？”牛太守听了纪晓岚的话更是丈二和尚摸不着头脑：“我们家的典故？何出此言啊？”纪晓岚见表弟真的不知道，也就不兜圈子了，他说：“我这上联用了‘吴牛望月’，下联用了‘对牛弹琴’，这不是你们老牛家的故事吗？”牛太守一听也哈哈大笑起来，原来是用了两个和牛有关的成语啊。纪晓岚虽然用了这两个典故，但不是整个成语出现的，而是截取每个成语的后两个字，这样就做到了虽用牛典却不见牛字，但又牛意分明，这就是不着一字尽得风流。

纪晓岚不仅能够在对联中暗用成语增加对联的信息量和趣味性，还能把前人的诗句用进对联。据说，早年的时候纪晓岚的一个邻居生病，本来病不重，但找了个庸医，看不了病还胡乱用药。病人家属不知道啊，结果病体没见好转还越来越沉重，最后一命呜呼。那个时候没有“医闹”这一说，纪晓岚从这件事中体会到医生的重要。人家把性命交到了你的手中，生死存留全在你的医术高低。医术高明用药对了能妙手回春，可如果是个庸医，那就无异于杀人犯、刽子手。纪晓岚有感于此，写了一副对联嘲讽那些庸医：

不明才主弃，

多故病人疏。

这是袭用了唐代大诗人孟浩然的诗句。孟浩然科举失败之后，发牢骚写了一首《岁暮归南山》诗，其中有两句是“不才明主弃，多病故人疏”，本意是抱怨自己没考上。可是，经纪晓岚这一改，把上一句的“明”字放到“才”字的前面，把下一句的“故”字放到“病”字前头，意思全变了。这一改变成了说医生医术不高明，动不动就出医疗事故，所以病人都疏远他。

在封建时代的农村，庸医误投药致人死命的事并不少见，比如关汉卿的戏剧《窦娥冤》中有一个赛卢医，此人一上场就说：

行医有斟酌，下药依本草。

死的医不活，活的医死了。

这都是什么人啊！后来，纪晓岚又从前人的诗歌里摘出来两句组成了一副对联嘲讽庸医：

新鬼烦冤旧鬼哭，

他生未卜此生休。

上联来自大诗人杜甫的《兵车行》，原意是批判战争残酷，让很多人失去了生命，这里是讲庸医害人不浅。下联来自晚唐诗人李商隐的《马嵬》诗，本意是说杨贵妃一缕香魂命丧马嵬坡，这里借这句讲不知道来世怎么样，反正这辈子遇到庸医是活不了了。这副对联原句未动，却对偶天成，把庸医误人的恶果揭露了出来。

从这些对联中我们能领教到纪晓岚广博的学识。应该说，一个人的学识不是一下子就有的，根本没有电视剧《天龙八部》中逍遥派掌门一下子将几十年功力传给虚竹的事情。学习就像逆水行舟，不进则退，所以一副对联说得好：

书山有路勤为径，

学海无涯苦作舟。

纪晓岚也正是坚持了勤奋苦学，才有了后来超乎常人的智慧。

不过，不得不承认，纪晓岚从小天分比别的孩子高是真的，所以学习明显表现出了一定的优势。纪晓岚有个哥哥，在学习上比不过纪晓岚。兄弟二人关系很好，纪晓岚还曾经帮过他。有一天中午，都已经过了吃午饭的时间，哥哥还没有从学堂回来。妈妈怕哥哥贪玩，就让纪晓岚到学堂去找他。纪晓岚拿着个牛皮鞭本来要去放牧，听妈妈一说，就去学堂找哥哥了。原来不是哥哥贪玩，是没有完成老师交给的任务，正在发愁呢。

哥哥站在书桌旁，老师非常严厉地站在哥哥的身边，别的孩子都已经回去了。纪晓岚从窗户上一探脑袋，被老师发现了。纪晓岚只好小心翼翼地走到老师的身边，询问哥哥为什么没有回家吃饭。老师说：“今天练习对对子，别人都能对出，唯独他对不出来。”纪晓岚请求说：“先生，别生气，哥哥对不上来，我能替他对吗？”当时纪晓岚才六七岁的光景，老师见他小小年纪这么懂事，就决定让他试试，于是告诉他上联：

苇篾织席席盖苇。

用芦苇的篾织成席子，再用席子来盖芦苇。纪晓岚皱着眉头稍微考虑了一下，摇着鞭子说出了下联：

牛皮拧鞭鞭打牛。

用牛皮拧成鞭子，再用鞭子打牛。老师很吃惊也很高兴，小小年纪就能对出这么好的对子，而且眼中有物，能拿手中的鞭子做文章。于是老师批评哥哥不如弟弟，还交代哥哥要多向弟弟学习，说完就让兄弟二人回家吃饭去了。

对联三难纪晓岚

纪晓岚在学校替哥哥解围这件事很快就传开了，大家都说这孩子将来必成大器。纪晓岚的四叔对他本来就疼爱有加，这样一来更是格外看重，除教他学习“四书五经”、诗词歌赋外，还教他拿眼前的人、事、物作对子。家教和早期的智力开发对纪晓岚的成长起到了很大的作用，他在四叔的教导下比原来更机敏了。

这天，纪晓岚又到四叔家学习，休息的时候按照惯例又该对对子了，可是眼前的景物几乎都被对过了。四叔一时找不到题材，就对纪晓岚说，你自己看还有什么没对过。纪晓岚东张西望寻找题材，这时他看到四婶坐在椅子上做活，小脚在那里垂着，脚上的绣花鞋惹人注目，于是指着婶子的小脚对四叔说：“这个还没有对过。”四叔呵呵一笑，马上就有了上联：

三寸金莲瘦。

那个时候女人都是缠脚的，而且谁的脚越小越受欢迎，人们把当时的小脚叫三寸金莲。纪晓岚很机灵，一眨巴眼睛下联就出来了：

一双绣鞋轻。

四婶听了故作生气说："小兔崽子，这也能用来作对子啊？"叔侄一听哈哈大笑。

一个人从小眼中看到的都是对联素材，能不出口成章吗？这就是纪晓岚为什么后来能成为对联高手的原因。但是对联高手不是说从来就所向无敌张口就来的，纪晓岚也有被难住的时候。这里讲三个纪晓岚被难住的对联故事。

乾隆五十三年（1788），工部衙门遭遇了火灾被烧得面目全非。乾隆皇帝命令工部尚书金士松亲自督建新的工部衙门。当时纪晓岚在军机处工作，这天闲来无事就和同僚们扯闲篇，有人说："这工部所管的主要是水利工程，其实不妨改作水部。"另一个人说："其实早就有人私下称水部了，不过也怪了，水可以灭火，火也可以烧掉水部，难道这就是因果轮回？"纪晓岚听大家聊得起劲儿，就凑成了一个上联，说："各位大人，我这里把你们的谈话凑成了一个上联，你们对对如何？"大家纷纷响应。

纪晓岚缓缓地说出了自己的上联：

水部火灾，金司空大兴土木。

这个上联用到了金木水火土五行，而且"水部火灾"是真事，金士松官拜工部尚书，如果在汉代就相当于司空，“大兴土木”也是实实在在的，这就要求下联也必须真实。同僚们哪有纪晓岚那水平啊，聊个天还行，对这么高水准的对子，也只能是干着急。大家见对不出来，也不浪费脑细胞了，就拱手请纪晓岚说出下联。纪晓岚嘿嘿一笑说：“我要有下联就不让你们对了。”闹半天，纪晓岚自己出的上联一时把自己也给难住了。

就在大家绞尽脑汁的时候，一个内阁中书一挑帘子进来了。这个内阁中书虽然是个南方人，但长得南人北相，身强体壮虎背熊腰，完全没有南方人的秀气。纪晓岚眼前一亮，一拍大腿说：“有了。”大家把目光转向纪晓岚，就见纪晓岚起身来到中书的面前，用手拍着他的肩膀说：“我们正在对句，一时被下句难住，你一到我就有下句了，我要借老兄一用，不要在意哦。”说完，纪晓岚把脸转向大家说：

南人北相，中书令什么东西。

此联一出，在座的人纷纷叫好，一来是因为拿中书开了个不大不小的玩笑，二来是因为用“南北中东西”对住了“水火金土木”。

某年，纪晓岚奉旨到福建督学，中途换乘摇橹的船，由于是人力，所以速度比较慢。这时，一条帆船从旁边乘风驶过，将纪晓岚乘的船甩在了后面。跟随纪晓岚的人一句一个纪大人叫着，摇船的船夫就知道乘船的是大名鼎鼎的大才子纪晓岚了。见高人不可交臂而失之，船夫也想和纪大人切磋一下，于是边摇橹边说："纪大人，相见就是缘分，能见到您这位大才子，真是三生有幸啊。如不嫌弃，我想向您讨教一二。"纪晓岚怎么能怕船夫叫板呢，于是就问船夫想如何讨教。船夫说："一直听说纪大人善对对子，我就给您出个上联吧。"纪晓岚请船夫出上联。

船夫的上联是：

两舟并行，橹速不如帆快。

这是一个双关联，表面的意思是说自己这条船没有刚才那条帆船速度快。隐含的意思是用了两个历史人物，"橹速"谐音三国时期吴国的鲁肃，"帆快"谐音西汉时期的开国功臣樊哙。鲁肃是个文官，樊哙是个武将，那意思是说文官鲁肃比不上武将樊哙，言外之意有点讽刺纪晓岚的意味。纪晓岚听完船夫的上联就陷入了沉思，一直到上岸也没有对出下句。

到了福建，在院试大典上，乐声四起，悠扬的乐声一下子为纪晓岚带来了灵感，这不就是对应船夫的下联吗？纪晓岚喜吟吟地念道：

八音齐奏，笛清怎比箫和。

"八音齐奏"是说各种乐器一同演奏，笛声比不上箫声悠扬。这是表面的意思。隐含的意思也是用到了两位历史人物，"笛清”谐音宋代军事家狄青，“箫和”谐音西汉开国功臣萧何，也是一文一武。不过纪晓岚反驳了船夫的观点，认为“狄青怎比萧何”，意思是说武将难比文官。当年给萧何封官的时候，很多武将有意见，刘邦用“功人”和“功狗”作比，认为萧何的功劳更大。虽然最后还是对出来了，而且工整绝妙恰到好处，但毕竟晚了许久。

上面两个故事中，纪晓岚虽然遇到了困难，但毕竟最后经过努力还是有了下联，下面这个故事，纪晓岚干脆彻底没有对出来。这个故事发生在他和妻子之间。一天晚上，月亮高挂夜空，月光如水，透过纱窗照进屋内。妻子指着纱窗说：“夫君，我忽得一上联，请夫君对个下联如何？”妻子的上联是：

月照纱窗，个个孔明诸葛亮。

纪晓岚本来觉得没什么，自己什么样的难对没见过啊，这个不在话下。可是等他真的要对的时候发觉难，真难！妻子这个联写的是眼前真实的情景，月亮照在纱窗上，纱窗的每一个孔都透过亮光。这没什么。难就难在用了“孔明诸葛亮”，孔明既是说纱窗的孔明亮，又是三国时期蜀国丞相诸葛亮的字，用得太巧妙了！就这个上联，真难住了才华横溢的纪晓岚，后来就成了他一辈子的遗憾，到死也没有对出来。

直到近代，才有人给这个“绝对”续出了下联：

风送幽香，郁郁畹华梅兰芳。

写的是花园中的情境，“郁郁”是茂盛的样子，“畹华”指种的兰花，屈原在《离骚》中有“余既滋兰之九畹兮”，从此“九畹”就和兰花有了紧密的关系，下面又说梅花、兰花正在开放。这也是表面意思，其另一层意思是著名京剧表演艺术家梅兰芳字畹华，这里是借用了梅兰芳的名号，可谓珠联璧合。若纪晓岚地下有知，也该含笑九泉了。

处处留心皆妙对

说起郑板桥，大家肯定都不陌生，清代的画家、文学家，江苏兴化人，长期客居扬州，被称为“扬州八怪”之一。他本名叫郑燮，板桥是他的号。他的诗、书、画世称“三绝”，他的“难得糊涂”成了不少人的处世哲学。他的七言绝句《竹石》为人们带来了正能量，特别是那句“千磨万击还坚劲，任尔东西南北风”，表现出了竹子顽强而又执着的品质。同时，郑板桥还为后人留下了不少和对联有关的奇闻逸事。

文人都喜欢放情山水，在大自然的怀抱中经常能够找到创作的灵感。郑板桥也不例外。一天秋高气爽，郑板桥雇了一叶小舟到兴化北乡去。当走到中堡湖时，天色已晚，夕阳沉沉欲坠，满天红霞飞卷。郑板桥坐在船头，悠然自得地欣赏着眼前的湖光山色。湖心的渔船上已经升起了袅袅炊烟，耳畔不时传来阵阵渔歌，让人心旷神怡。这时，一弯新月爬上了夜空，皎洁的月光照在湖面上，波光粼粼，如诗似画。郑板桥难得见到这样的美景，于是吟出一句上联：

半湾活水千江月。

水波一动，把投在湖中的月影打碎了，就好像有无数个月亮。

郑板桥刚要去想下联，忽然一阵风刮来，湖水翻腾起来。他坐的船小经不住风浪，一下子翻了，人也掉到了水中。附近的几个渔民纵身跳入水中，将他和船夫救起，为他们换了衣服，还招待他们吃饭。郑板桥为了感谢渔民援手，自报姓名，大家这才知道救了个大才子。渔民们知道眼前人是郑板桥时，七嘴八舌地聊了起来。一个渔民说，这个湖是个宝库，不仅出产鱼虾菱藕，还出一种大蚌，渔民们经常能从蚌里采到绿豆大小的珍珠。郑板桥也感觉大自然神奇无比，靠山吃山，靠水吃水，总能给人们带来财富。听到这里，一个下联浮现到了脑海中：

一粒沉砂万斛珠。

第二天，郑板桥告别渔民们，又要和船夫赶路了。大家提出一个请求，能否请郑板桥留幅墨宝。郑板桥慨然应允，挥笔写下了昨天的那副对联：

半湾活水千江月，

一粒沉砂万斛珠。

郑板桥走后，渔民们请石匠把郑板桥的这副对联刻在了石碑上。如果放在今天，这副对联就能成为中堡湖的文化名片。

我们总说“留心处处皆学问”，可真去做的时候不一定人人都能做到。但是，郑板桥是个有心的人，也是因为有心，他才能发现生活的妙趣。一次，郑板桥在家乡兴化一带游玩，见到两位农村大嫂在河边洗衣服，有说有笑的。头天晚上下了一场春雨，麦苗生机勃勃，柳梢也开始变绿了。一位大嫂边洗衣服边说：“她婶子，你看这春风呼呼地梳着杨柳啊。”另一位大嫂站起身来舒展一下胳膊，一抬头看见麦田里湿漉漉的，就回答了一句：“可不是嘛，老天爷跟懂人情似的，夜里偷偷把禾苗给灌溉了。”郑板桥一听，这两位大嫂的对话不就是生活中的一副对联吗？于是心里叫好就喊了出来，这一下子把两位大嫂吓了一跳，一看是郑板桥大人，不好意思说话了，埋头洗起衣服来。郑板桥回到家里，赶紧回想两位大嫂聊天说的话，根据她们的对话写出一副对联：

春风呼呼梳杨柳，

夜雨偷偷浇禾苗。

写完仔细一看，虽然很工整，但是过于口语化，太俗，拿出去代表不了自己的水平。郑板桥又经过一番斟酌，重新改过：

春风放胆来梳柳，

夜雨瞒人去润花。

这一改词句变得文雅了，乡土气息少了许多。

郑板桥一次去北京办事，顺便到广安门外的白云观游玩。白云观是道教圣地，创建于唐开元二十七年（739），当时叫天长观。唐代把老子奉为始祖，大倡道教，唐玄宗非常重视《道德经》，甚至亲自作注。为了抬高道教的地位，唐朝时，全国到处建道观供奉老子真容。天长观后来经历金、元、明，又改名为太极宫、长春观，到了明代改为白云观。

郑板桥不像一般的游客，走马观花一看就走人了，他看得很仔细，一幅画能让他驻足良久，一副对联能让他品赏半天，即便是观内种的竹子郑板桥也要从不同的角度端详很长时间。郑板桥时而点头称赞，时而摇头称憾，这就引起了观主的注意。观主走上前去，一晃拂尘施礼问："请问先生尊姓大名？"郑板桥照实回答。观主眼睛不由得睁大了："原来是'扬州八怪'之一板桥先生驾临敝观，有失远迎。如果板桥先生不嫌弃，请到贫道屋内用茶。"郑板桥不好意思驳了观主的热情，就随他一块儿到了屋内。屋内摆有文房四宝，看上去很清幽，书桌上铺着宣纸，可见道长也是经常写写画画的。

观主让道童好茶伺候，与郑板桥品茶论道聊起天来。观主虽在教内，但聊到《老子》《庄子》《文子》《列子》，还真难不住郑板桥，这"四子"也是他常看的。所以，两个人棋逢对手，越聊越高兴。观主乘兴说："板桥先生，素闻先生诗、书、画三绝，能否为敝观留幅墨宝？"聊天聊到这个份上都已经成朋友了，好意思拒绝吗？郑板桥笑笑说："如果仙长不嫌弃，我就献丑了。"说完起身来到书桌旁，题写了一副对联：

咬定一两句书，终身得益；

栽成六七竿竹，四壁皆清。

上联很有启示意义，在学习上，不少人认为多读书才能收获大，这有些绝对了。其实有时多不如精，毕竟一个人的精力和时间是有限的，与其贪多，不如把自己最想看的对自己有益的书多读几遍。下联表现出了道观的清幽。整副对联上读经书，下栽绿竹，何其安逸自在！而一个"咬"字，让人感受到了坚持的重要性。

郑板桥还曾经为一个戏园子对过下联。一天郑板桥在戏园子里听戏，被老板发现了。老板像看到宝贝似的，等到戏结束了，老板把郑板桥请到了后台："郑先生，我有一个请求，您无论如何不能推辞！"郑板桥问什么事，老板从桌子上拿起一张纸，打开一看，是个上联：

尧舜生，汤武末，桓文净丑，古今来多少角色。

这是怎么回事？老板说："我这戏台新建不久，请一位秀才书写戏台两边的楹联，可是他写出了上联后，无论如何对不出下联，就此搁下。我的戏台到现在还没有挂楹联呢！今天见先生到此，想请您给对个下联。"郑板桥一听明白了。

这个上联秀才为什么对不出来了呢？原来他在这里不仅用了尧、舜、汤、武等历史人物，而且还用了戏剧中人物角色的行当分类，说出了戏剧的特点，这些限制，让那位秀才搁笔了。这对郑板桥来说并不是什么难事，他略一思索，欣然写道：

日月灯，江海油，风雷笛鼓，天地间一场大戏。

老板一竖拇指："好气魄！"郑板桥把人世间比成了大舞台，在这个舞台上，日月是灯，江海里的水变成了油，风是笛子，雷是鼓声，唱出来的是人生百态。其实，郑板桥也是写出了他的人生感受，用一句话来说就是"戏场小天地，人生大舞台"。

板桥对联多妙用

郑板桥的对联实用性很强，总能表现出一些现实问题。郑板桥曾经在山东潍县当过县令，他在潍县期间用对联判过案子，用对联指点过学生如何写好文章，用对联表现过自己的清廉，还用对联表现过自己的虚心。

既然在潍县当父母官，就先来看看他是怎么整顿衙门腐败的吧。自古以来，老百姓都怕打官司，因为衙门口好进不好出。特别是在封建时代，社会上流传着一句话："衙门口，朝南开，有理没钱莫进来。"如果再遇到那些唯利是图的贪官，老百姓更别想有好日子过了。那些贪官怎么想的呢？"千里为官，只为吃穿"，于是就出现了"三年清知府，十万雪花银"这样的腐败现象。遇到这样的官，最后胜诉的总是那些有钱有势的人，老百姓的冤屈得不到伸张，只能含恨隐忍。也正是因为这样，老百姓心中才有了清官情结。

郑板桥到潍县之后，决定从自身做起，要用自己的廉洁维护法律的正义。但又不能敲锣打鼓地到处去宣传，说自己是清官，有什么委屈只管来衙门说。那得说到啥时候啊！郑板桥有办法，换县衙门口的对联。县衙门口原来有对联，也写得冠冕堂皇，说什么为民做主，但那都是场面上的话，以前的县令谁也没有做到。所以，老百姓对那个对联也都熟视无睹了。郑板桥让衙役撤掉原来的对联，换上了自己写的一副：

漆黑衙门朝南开，

有钱没理莫进来。

一改原来“有理没钱莫进来”。

楹联挂出之后引起了老百姓的注意，这楹联简单易懂，全是为咱们老百姓考虑的。于是有那冤屈之人就抱着试试看的态度去击鼓鸣冤，郑板桥秉公办案。那些有钱有势之人觉得这世上没有不吃鱼的猫，还想用老办法贿赂郑板桥，结果郑板桥照单全收，然后判赔给了含冤的穷人。就这样，告状的百姓络绎不绝。郑板桥坚持民生无小事的原则，几乎每天都要阅卷到天亮，他也因此赢得了大家的爱戴。

接近年关了，有一天郑板桥难得清闲，坐在书房里看书品茶。忽然鸣冤鼓响了起来，郑板桥收拾停当来到大堂，原来是一个教书先生状告雇主。雇主姓丁，请这位教书先生教他的儿子，酬金是一年八吊钱。可是，教书先生辛辛苦苦教了一年，到年底去和丁家结算课酬，丁家不但不给报酬，还要辞退教书先生。教书先生觉得委屈，于是向父母官郑板桥告状，请他主持公道。郑板桥问：“丁家对你可有聘用文书？”教书先生拿出来呈了上去，上面写着“一年酬金八吊”。

郑板桥又问：“丁家为什么辞退你呢？”教书先生说：“他们说我才疏学浅，教得不好，这实在是冤枉，如果嫌我教得不好，可以开始就言明，为什么等到现在才说？”郑板桥安慰教书先生不要着急，有没有真才实学一试便知。教书先生问：“不知大人如何试？”郑板桥微微一笑说：“我出一上联，你能答出下联，便说明你有才学。”教书先生信心满满地说：“愿闻赐教。”郑板桥抬眼看了一下大堂上挂着的灯笼，说：

四面灯，单层纸，辉辉煌煌，照遍东西南北。

这就是高手，看到什么都能做成对子。大堂的灯笼是方的，四个面，周围用一层纸糊着，晚上点着之后，四个面都能透出亮光。这个对联最后用进去了四个方位。

教书先生沉思片刻，就以自己眼前的遭遇为素材对出了下联：

一年学，八吊钱，辛辛苦苦，历尽春夏秋冬。

说得怪可怜的！辛辛苦苦教了一年学却拿不到工钱。郑板桥听了，觉得教书先生确实有才，能想到用四季对四方，还是很高明的。郑板桥马上命令衙役，传唤丁家的人，让丁家的人按照聘用文书上的约定支付教书先生八吊酬金。看来，到外面打工和老板签订劳务合同是多么重要的一件事。

郑板桥的才学和人品赢得了老百姓的爱戴，一传十十传百，很多读书人都知道了。大家都以能结识郑县令为荣耀，其中有一个姓韩的书生经过多番努力还拜郑板桥为师了。书生叫韩镐，奉师如父，几乎天天到县衙去向郑板桥求教。一次，郑板桥问韩镐读过刘勰的《文心雕龙》和陆机的《文赋》没有，韩镐摇摇头说没有。郑板桥很严肃地说："这是两个讲解文章写作的名作，不仅有文章写作的技巧，而且能教你如何立意，你要认真阅读。"韩镐答应了。

师生二人又聊了一些其他的，韩镐临走时说："恩师，能否传授一下您为文作诗的妙法？"郑板桥想了想，写出一副对联送给了韩镐，对联是这样的：

删繁就简三秋树，

立意标新二月花。

郑板桥解释说，写文章最重要的是抓住两个字：第一个是"简"，"简"就是简明扼要不烦琐，做到用尽可能少的文字表达丰富的内容。如果刻意追求文章的篇幅，那么枝枝蔓蔓的东西可能会冲淡文章的主题。第二个是"新"，就像大自然的花朵，真到了春花烂漫的时节，也就记不住哪个花好哪个花坏了。而在花朵还没有完全绽放的时候，有那么一两种花提前绽放，将会给人留下深刻的印象。但新不能只是强调形式，更重要的是对文章深层次的意的把握，这就需要作者有丰富的知识储备和生活阅历。总之一句话，作文以识见为主，只有识见高才能切中要害，才能做到繁简适中，不落俗套。

能写出这样的对联揭示写作文章的妙法，难怪郑板桥诗文称绝。但即便是这样，郑板桥还是不满足，他还是希望朋友们能对自己的诗文提出一些诚恳的修改意见。我们现实生活中会碰到一些人，表面很客气地请你给他的文章提意见，可是等你真的提了，他又一脸不高兴，要么说你不懂，要么我行我素根本不把你的意见当回事。其实，这就是场面上的客套。

郑板桥不是这样，因为他明白，一个人经常会出现“灯下黑”，就是自己发现不了自己的不足，所以往往旁观者清。另外，别人提意见可能会让自己一时难堪，但有则改之无则加勉，最后进步的是自己，何乐而不为呢？为此，郑板桥曾经写了一副对联，表明自己对批评意见的珍视：

隔靴搔痒赞何益，

入木三分骂亦精。

他不喜欢好好先生，说些不疼不痒的好话，乍一听一团和气，实际上解决不了任何问题。甚至可能还会起到一些坏作用，被评价的人如果把你的称赞信以为真，那只会让他变得更加浅薄。有的时候批评是很难听的，但只要是对你的文章深入了解之后的意见，那就是有针对性的。批评是因为发现了你的不足，言辞越激烈越说明批评者对你抱有更大的期望。所以，我们从对联里不仅可以感受到郑板桥的人格魅力，还能体会到学习妙法。

板桥联对明爱憎

郑板桥也像蒲松龄那样，曾经把对联当作与不良现象作斗争的武器，再次体现出了对联这种文学样式的实用性特征。郑板桥曾经用对联讽刺过一个盐商。两江总督到扬州游玩，捎信给大盐商姚有财，让他想办法搞一副郑板桥的对联。姚有财正想不起来给总督送什么礼物呢，总督一开口要，他心里这下有谱了。姚有财派人赶到安徽专门定制了两张上好的宣纸，每一张都六尺多宽一丈多长，他觉得这无疑是给总督送的大礼。

可是当盐商找到郑板桥说明来意时，郑板桥一口回绝了，不写。盐商急得如热锅上的蚂蚁，再过两天总督就到了，我这答应送的对联还没有写好，这可如何是好？这盐商也真够磨叽的，一天几趟来央求郑板桥，许诺只要你答应写，我重金酬谢。郑板桥还是不答应。盐商真急了，就问郑板桥要什么条件才写，郑板桥为了摆脱盐商的纠缠，故意说：

“你给我两千两银子，我就写。”盐商舍不得花那么多钱，这也是郑板桥料到的，盐商托人和郑板桥通融，承诺一千两银子。

郑板桥先收了润笔一千两银子，一语不发，拿起笔来在一张特大的宣纸上写了一个上联：

饱暖富豪讲风雅。

写完，笔一撂就走开了。中间人看着着急：“先生怎么不写了？”郑板桥说：“写好了。”中间人说：“怎么没有下联呢？”郑板桥一脸正经地说：“本来我就说两千两一副对联，你们只出了一半，我也只好写一半喽。这对于你们商人来说，自然是公平交易啦。”中间人再三请求，郑板桥置之不理。

中间人只好赶紧告诉盐商，盐商心说，都说无商不奸，可是这个郑板桥比我还奸。不让他写吧，已经花了一千两银子了，而且这特制的宣纸也浪费了，让他写吧，真舍不得花这么多钱。但想来想去，这是两江总督点名要的礼物，又得罪不起，只好哑巴吃黄连，又送给郑板桥一千两银子。郑板桥这才续出了下联：

饥馑画人爱银钱。

盐商拿到这副对联，哭笑不得，字倒是郑板桥的字，但这分明是在讽刺自己嘛。那意思是说盐商因为有俩糟钱，在这里附庸风雅，如果不是郑板桥穷困潦倒，才不会给你写！钱花了，还遭人讥讽，这才是名副其实的花钱买难受。

郑板桥还用对联讽刺过一个和尚。这个和尚是通州也就是今天南通西寺的住持，叫苍松，虽然身在方外，但很势利眼，喜欢和有钱有势的人来往，另外还附庸风雅，到处请名人写诗作画。这天，苍松在一个书画收藏家那里见到了郑板桥，极力邀请他到西寺小住几日。郑板桥碍于朋友的面子推托不过，就随苍松到了寺里。苍松十分热情，招待郑板桥用丰盛的饭菜和上好的茶叶，就连那茶具都是景德镇的好瓷。

郑板桥除了吃喝就是看书，日子倒也清闲自在。过了几天，苍松闲谈中透露出自己虽然字画不少，但缺一副木板对联，郑板桥装作没听见。又过了几天，苍松让小和尚送给郑板桥笔墨纸砚，说让他没事的时候写写画画消遣一下，郑板桥依旧像往常那样与书为伍。苍松见郑板桥这样，很失望，再见到郑板桥的时候便没有那么热情了，招待的饭菜变成普通的斋饭了，喝的茶叶也明显不如以前了。郑板桥照样不写不画，整天闷着头看书。

苍松见郑板桥如此，也不打照面了。饭菜中连个油花也没有了，就是青菜萝卜放点盐，米呢就是很普通的籼米。再看喝的茶水，接的雨水烧开泡一碗黄菊花还舍不得多放，就更不要说茶具了，景德镇的好瓷换成了瓦壶。郑板桥没说什么，照样吃喝。那位书画收藏家觉得郑板桥进寺院时间不短了，就去看他，结果发现苍松竟然如此待客，很生气，吵着非要把郑板桥接走。

苍松正没理由撵郑板桥呢，这倒好，省得自己费口舌了。郑板桥说：“在寺里打扰十多天了，挺过意不去的，无以为报，给法师留副对联吧。”说完，从桌子下面拿出了已经写好的对联，递给了苍松。苍松打开一看，上面写着：

青菜白盐粈米饭，

瓦壶天水菊花茶。

苍松脸上一阵红一阵白的，惭愧之极。郑板桥的朋友看着苍松丢下一句“你可真够刻薄的”，拉着郑板桥气哼哼地走了。

从上面这两则故事中，我们能感受到郑板桥的耿直。大凡耿直的人都是重感情的人，郑板桥就极重感情，甚至对乳母也如同对待亲生爹娘一样。郑板桥年幼的时候，父亲给他找了一个乳母。三岁那年，郑板桥的妈妈去世了，爸爸又背了一身的债务，只好将乳母辞退。但三年来，乳母已经和小板桥有了感情，舍不得离开这个苦命的孩子。乳母想了个办法，就在距离郑家不远的地方找了一份工作，白天工作晚上照顾小板桥，就这样又过了好几年。郑板桥心目中，妈妈的影子渐渐模糊了，取而代之的是乳母。

可是乳母的生活也越来越艰难，最后只能到扬州谋生。临走的前一夜，乳母把郑板桥的衣服洗得干干净净，该缝的缝该补的补，一直到天明，趁着郑板桥还没有从睡梦中醒来，恋恋不舍地走了。郑板桥醒来不见了乳母，失声痛哭。

乳母到了扬州不到一年就回来了，她忍受不住想念郑板桥的痛苦。从此以后，她就住到了郑家，一直陪着郑板桥过了三十年。郑板桥即便是到山东做官期间，也把乳母带在身边。

人吃五谷杂粮，总有生老病死，后来乳母离开了人世。郑板桥披麻戴孝，为乳母写了一副挽联：

一饭尚铭恩，况保抱提携，只少怀胎十月；

千金难报德，论人情物理，也应泣血三年。

人应该懂得报恩。韩信当年饥饿的时候，一个洗衣服的老太太给了他点吃的，后来韩信为老人养老送终。乳母对于郑板桥来说，除了没有像亲生母亲那样生下自己，其他都像亲生母亲一样。像这样的恩情，是多少钱都报答不了的，郑板桥唯一能做的，就是为乳母守孝三年。可见，郑板桥是一个至情之人。

郑板桥当县令没多久，受不了官场的黑暗，就像陶渊明那样挂冠回家了。几年的官场生活，一心为百姓办事，除了那点微薄的俸禄，他并没有别的收入，所以回乡的时候两袖清风，只带走了一只忠诚的黄狗，一盆亲自种植的兰花。一天晚上，屋里有响动，郑板桥借着月光一看，来贼了，正在搜寻值钱的东西。郑板桥没有坐起来大呼小叫地喊抓贼，而是翻身说道：

腹内诗书存千卷，

床头金银无半文。

贼一听，知道要无功而返了，很失望地转身就走，刚到门口，就听见郑板桥又说了一句：

出门休惊黄尾犬，
越墙莫损兰花盆。

贼一听，今天算是遇见雅士了，还告诉我门口有狗，跳墙别碰着花盆。用对联撵贼，不仅没有暴力，而且绝对算得上奇事一桩了。

蒋士铨联降鬼恶

蒋士铨是清代著名的文学家，不仅长于作诗，宗法北宋大诗人黄庭坚，而且在戏剧创作方面成就突出，现存杂剧、传奇十六种。蒋士铨与袁枚、赵翼并称“江右三大家”。曾任翰林院编修，深受乾隆皇帝器重，乾隆皇帝称他和彭元瑞为“江右两名士”。关于蒋士铨，民间流传着很多对联故事。

蒋士铨少年时，天赋聪慧，勤奋读书，小小年纪能诗善对，被乡邻称为“小神童”，引起了当时许多文人墨客的关注。有一次，上饶一位博学多才的老秀才从杨村经乌虎岩到铅山游览山水，寻访蒋士铨。经人介绍老秀才与蒋士铨见了面。一老一少见面寒暄之后，老秀才即以请教的口气说：“小先生，我游仙山，过虎岩，遇一人要我答对，我冥思苦想却对答不上，实在羞愧得很，不知小先生肯不肯指点一二？”老先生显得很客气。

别看蒋士铨年纪小，他能听出来话中有话，知道老先生要考自己。蒋士铨沉思了片刻，才谦虚而有礼貌地说："不知那人出了什么对？我试试吧，如不妥帖，还请老先生多多指教。"蒋士铨的一言一行也显得谦卑有礼。老秀才听了蒋士铨的话十分高兴，于是捻须晃脑地说，那人出的上联是：

虎岩无虎，呼虎成名——赵公元帅。

这个上联讲了虎岩的典故，和《封神演义》中的赵公明有关系。赵公明的坐骑是一头黑虎。蒋士铨低头想了一会儿，抬头遥望铅山县城西北面风波岭塔山上的宝塔，脱口而出：

塔山有塔，托塔为神——李靖天王。

这个下联从塔山上的塔联想到了托塔李天王，也来自《封神演义》。老秀才听了下联，翘首远眺宝塔，又捻须晃脑重念了几遍蒋士铨对的下联，惊叹不已，连连说："哈哈，果然名不虚传，真是个神童啊，只要勤学苦读，将来必成大器。"

有一年春天，蒋士铨回到故乡，听说铅山县城西北面风波岭上的风波亭出了鬼。蒋士铨不相信神鬼，一天傍晚他独自去风波亭。他在亭内坐了很久，毫无怪异的现象。太阳马上要下山了，蒋士铨准备出亭回家。正在这时，风波岭头走下一群头戴红花、系绿穿红的采茶姑娘。蒋士铨急忙出亭，请采茶村姑进亭歇息，想打听闹鬼的事。村姑们见亭内突然走出一个人，又是秀才打扮，大惊失色喊了一声“鬼呀”，然后就要快速散去。蒋士铨赶忙叫住大家，一个大胆的村姑问蒋士铨：“你是活人还是死鬼？”蒋士铨笑着说：“我明明是个活人，怎么会是死鬼呢！”村姑们听说是活人，都深深地吐了一口气，放心了。蒋士铨接着又说：“我就是想知道风波亭闹鬼是怎么一回事，请你们谈谈吧。”

原来不久前，有三个秀才在这座亭子里高谈阔论，吟诗作对。碰巧一个打鱼草的经过这里，以为秀才们是讲故事，也走进亭子去听。一个胖秀才不高兴地说：“你坐在这里干什么？我们吟诗作对，你又不懂，快去养你的鱼吧！”那个打鱼草的人听了胖秀才的话十分生气，没好气地高声说：“我不会写诗，但会出对子。我有一个对子，如果你们对得上，愿送鲜鱼三百斤；要是对不上，你们也不要装什么斯文，还是跟我去学打草养鱼吧！”三个秀才一听这话，不禁哈哈大笑起来。胖秀才抢着说：“你就出对吧，我就是死了也要对上来。”打鱼草的随口说道：“青草池塘青草鱼，口衔青草。你们来对吧！”一句话里用了三个“青草”，第一个指鱼塘，第二个指鱼，第三个指草，不好对。三个秀才一听，一个拍脑袋，一个捋胡须，胖秀才额头上直冒汗。过了很久，三个人都对不上来。打鱼草的挑起青草说：“哈哈哈，读这么多年书连我一个养鱼的出的对子都答不出来，还好意思说自己是读书人？我要回家养鱼了，你们慢慢去对吧！”

胖秀才回到家里，日夜不停地念“青草池塘青草鱼，口衔青草”，可怜他坐立不安，吃不下睡不着，后来忧郁成疾就落下病了，因为是心病，所以还得心药医治。心药是什么？就是下联，就这样胖秀才渐渐地病入膏肓。他临死时叮嘱家里的人说：“我死后，棺材停放在家里，等有人对上那个对子再下葬。”自那个胖秀才死后，每天傍晚，这风波亭里就会传出有人念诵“青草池塘青草鱼，口衔青草”的声音，而且反复念，就像那复读机一样。大家都说是胖秀才死不瞑目，鬼魂在作祟。

蒋士铨听完这段离奇的故事，笑着说：“没有神鬼的，那个秀才太迂腐了。啊，时间不早了，都回去吧！你们住在哪个村庄？”村姑们手指岭下答：“就是前面不远的红花村。” 蒋士铨一听“红花村”三个字，又看看面前站着戴红系绿的采茶村姑，惊喜地叫：“妙哉！那个对子的下联有了。”蒋士铨的下联是：

红花村庄红花女，头戴红花。

村姑们仔细一想，原来先生把她们写进对子里去了，又对得很好，大家十分高兴。蒋士铨对上这个对子后，让人传话给胖秀才的家人，胖秀才也就安葬了。从此这里不再传闹鬼的故事了。

有一次，蒋士铨到城外去观赏田园风光，顺着小溪，走到一座水碓旁，只见几个舂米的乡民愁眉苦脸在对一个对子。乡民们一遍又一遍地念上联：

水打轮，轮打碓，舂谷舂米舂糠秕。

可是谁也对不出下联来。蒋士铨见乡民们为对一个对子急得像热锅上的蚂蚁，于是好奇地问："你们是舂米的，为什么急着在这里对对子？"乡民们见蒋士铨是个读书人的打扮，就像见到孔夫子一样高兴。一个乡民介绍说："刚才县官老爷下乡办事，经过水碓，出了一个对子要我们对上。还说：'对上了有奖，对不上要罚，每人罚一担谷子。'我们正着急对不上呢。"

蒋士铨听完乡民的话，感到这个知县十分可恶，他要借帮助乡民对对子，教训教训这个无耻的贪官。蒋士铨问乡民："那个贪官是骑马还是坐轿来的？"乡民们异口同声道："是坐轿子来的。"蒋士铨仰天大笑道："有了！"他附耳低声告诉乡民："等那个贪官回来问你们对出来没有时，你们就这样对他的上联。"然后他把下联告诉了乡民，乡民再三致谢。

蒋士铨走后，不多大一会儿，那个可恶的贪官坐轿回来了。衙役对乡民吼道："老爷问你们对子对好了吗，没对出来，就把谷子挑进城去！"乡民们齐声答道："老爷，对好了！"贪官坐在轿内不相信地说："是吗？那就对上来吧！"一个乡民笑着说："老爷的上联是：水打轮，轮打碓，舂谷舂米舂糠秕。我们对的下联是：人抬轿，轿抬人，扛猪扛狗扛死人。老爷，您看行吗？”贪官一听下联是辱骂自己的，十分恼怒，但对得工整贴切，自己又挑不出毛病，只好无可奈何地喝道：“哼，好厉害的刁民！起轿回衙！”身后传来乡民们阵阵的欢呼声。

名满关东第一人

在清代乾隆年间，北方出了一个才子，名叫王尔烈，辽阳县贾家堡子（今属辽阳）人，以诗文书法、聪明辩才见称于世，被人们称为“关东第一才子”“名满关东第一人”，《辽阳县志》称誉其为“词翰书法著名当世者”“清代第一人”。

王尔烈的父亲王缙学识渊博，王尔烈幼年时在父亲的熏陶下开始了启蒙教育。王尔烈幼年塾师崔璨，学富五车，为王尔烈儿时的教育打下了坚实的基础。相传崔璨在授课中曾出过一联：

天作棋盘星作子，朗朗乾坤谁个敢下？

其他孩子没有人敢对也没有人会对，唯有王尔烈站起来朗声应答：

地为琵琶路为弦，皇皇世界孰家能弹？

这是套用了明朝解缙的对子，不过这也能见出王尔烈见多识广了。老师随口又出一联：

野外黄花，好似金钉钉地。

黄花贴着地面生长，就像金色的钉帽。王尔烈沉思片刻，忽然看见窗外辽阳城里的白塔，顿时文思泉涌，回答说：

城内白塔，犹如玉钻钻天。

塔不是从底部向上越来越小吗？看上去像个钻头。大家听了，都被王尔烈的过人才华所折服。从此，王尔烈赢得了“辽阳神童”的美誉。据说一年冬天王尔烈戴着一顶草帽在院里玩耍，有一个商人笑他：

穿冬装，戴夏帽，胡度春秋。

用了春夏秋冬四季，另外，“胡度”谐音“糊涂”，多少有点嘲笑的味道。王尔烈则回敬了一句：

走南方，窜北地，混账东西。

用了东西南北四方。你说我糊涂，我骂你混账。

王尔烈二十六岁在奉天省参加乡试。当时天气比较热，富家子弟都穿着讲究，非绸即缎，既凉爽又显得华贵。王尔烈家里条件一般，所以穿着很朴素，依旧是家常衣服。这样与那些富家子弟一比，就显得寒酸了很多。考官是个麻子，巡考的时候见王尔烈旧布袍下露出肥大的青布裤子，便开起了王尔烈的玩笑：

小书生两腿木耳。

因为王尔烈的裤子颜色像木耳，所以主考官才这么说。王尔烈见主考官有意嘲笑自己，很生气，毫不客气地回敬说：

老大人一脸花椒。

王尔烈很调皮，把主考官脸上的麻子比成了花椒。挺好，俩人一结合，整个儿一盘凉拌菜！

主考官没想到这个穷考生能当众奚落自己，羞得面红耳赤。为了挽回面子，他又想出了一句：

乱石山稀烂梆硬。

乱石山在辽宁铁岭，山上都是石头，应该是硬的，怎么还稀烂呢？王尔烈毫无难色，轻轻松松对出了下联：

热河水翻滚冰凉。

河水名字叫热河并不是说水是热的，而是冰凉的，另外“翻滚”我们经常用来形容水温比较高，它与“冰凉”又是相对的。主考官又没占到便宜！

这还没有考完呢，王尔烈就把主考官给得罪了。亏着这位考官提前见识了王尔烈的才华，加上考官爱才，并没有为难王尔烈，而是秉公判卷，最后评了个乡试第一。

三十九岁时，王尔烈第一次参加会试，但没能及第。四十四岁参加恩科会试考中贡士，经过殿试，中二甲第一名进士。后来，王尔烈凭着超人的才华和人格魅力做了嘉庆皇帝的老师。

王尔烈曾随乾隆皇帝数次出巡江南塞北，留下了无数的名诗佳联。这之中最富有传奇色彩的故事就是他主持三江会试，又称“主考江南”。当时，江苏、江西、浙江是全国文化比较发达的地区，有许多江南才子盛气凌人，往往使考官难堪。王尔烈之前，朝廷已经派了几个主考官，结果全被考生弄得灰头土脸，乾隆皇帝这才派王尔烈前往主持考试。

王尔烈到三江地区后，同样被南方举子看不起，甚至有人说：“北方人能出什么题，最多出个‘学而时习之’。”王尔烈听说之后，不以为意，还就是以“学而时习之”为题，让考生们按八股文的形式作文。第一场是这样，第二场是这样，第三场还是这样，连着三场题目全是“学而时习之”。考生们全崩溃了，勉强应试，第一场尚可写作，第二场则文不成章，到第三场众考生干脆无法下笔。

考试之后，考生们很不服气，便请王尔烈自己写三篇试试。哪知王尔烈文不加点，挥毫而就，字字珠玉，而且立意新颖，众人为之倾倒。可是，有一个江南才子认为王尔烈的文章肯定是事先准备好的，这并不能说明他有真才实学。于是这个考生写了一个上联递给王尔烈，打算搞个突袭试探一下王尔烈的才华和应变能力，这个上联是：

江南千山千水千才子。

王尔烈几乎想都没想，立刻高声对出了下联：

塞北一天一地一圣人。

下联中“一天”指皇帝，“一地”指皇后，“圣人”指孔子。大家看王尔烈才智过人，尽皆叹服。

后来，考生们邀请王翰林到郊外游玩，那个举子还想与王尔烈过过招，于是脱口说：

江南乌纱气流暖。

王尔烈应声而对：

塞北锦袍风无寒。

大家说着笑着来到一座庙前，举子又来了一句：

万瓦千砖，百日修成十字庙。

联中巧用十、百、千、万。这时，庙前的河中正有一只小船从桥下摇过。王尔烈见状对道：

一舟二橹，三人摇过四孔桥。

举子见王尔烈反应机敏，也就不再说什么了。

一个考生问：“翰林之才何得如此之高？真可谓学富五车，才高八斗！”王尔烈呵呵一笑，边走边吟诗一首：

天下才子数三江，三江文章数吾乡。

吾乡才子数吾弟，吾为吾弟改文章。

从此王尔烈的名字伴随着“压倒三江”的故事传遍了中华大地。

王尔烈从江南主考回来，嘉庆皇帝继位，召见老师王尔烈问：“恩师家境如何？”王尔烈回答：

数间草房，半藏农器半藏书；

几亩薄地，一望春风一望雨。

嘉庆皇帝一听，够清贫的，于是说：“恩师为官清廉，朕是知道的。这样吧，朕委派你去安徽铜山监督铸钱吧！”王尔烈在铜山一待就是三年。三年期满，回京述职，嘉庆皇帝再次见到王尔烈的时候，问：“恩师，这次是否足以富享晚年了？”王尔烈一听笑了，说：“臣依旧是两袖清风。”嘉庆皇帝摇着头说：“恩师，此言未必真吧？”嘉庆皇帝知道，那是铸钱的地方，过过手就得少一点，随便克扣一点就够花一辈子了。

王尔烈见嘉庆皇帝不信，一伸手从袖筒里摸出三个铜钱：一个是当十钱，一个当十个花；一个是五铢钱，钱重五铢；一个是嘉庆通宝。三个铜钱溜光发亮。嘉庆皇帝不解，王尔烈解释说，这三个铜钱是自己掌管铸钱炉的时候用的钱样子，每天拿它去检验钱的质量。攥在手里时间长了，铜钱就磨成这个样子了。嘉庆皇帝这才明白恩师清廉如此，老实如此，于是封他为“老实王”。有人给王尔烈送了一副对联，赞颂他的清廉：

双肩明月，

两袖清风。

蜀中才子李调元

李调元是清代著名戏曲理论家、文学家，四川绵阳人，号称“蜀中才子”。父亲给他取这个名字是有寓意的，“调元”有个意思是执掌大政，多用以指宰相，当爹的希望自己的儿子将来能在仕途上一帆风顺。在我们的心目中，才子往往会有一些很传奇的经历。这个李调元也不例外，七岁那年，他作了一首《疏雨滴梧桐》诗：

浮云来万里，窗外雨霖霖。

滴在梧桐上，高低各自吟。

该诗一时传抄乡里，李调元也因此被誉为“神童”。

据说李调元五岁就会对对子了，很多五岁的孩子，话还说不囫囵呢。李调元家教不错，父亲早早为他请了私塾先生。五岁那年，一次老师问他养蚕干什么，目的是要培养他知道东西来之不易。李调元顺口说：

蚕作茧，茧抽丝，丝织绫罗绸缎暖人间。

老师大吃一惊，这不是一个上联吗？而且非常简明扼要地回答了我的问题啊。这孩子太了不得了！既然能说出上联，能不能对出下联呢？试试。老师就说："调元啊，你这个上联很得体啊，能不能对个下联？"李调元想了想，忽然看到自己手里拿着的毛笔，于是下联就出来了：

狼生毫，毫扎笔，笔写锦绣文章传天下。

我们知道有一种狼毫毛笔，"狼生毫，毫扎笔"就是说要用狼毫做笔。关键是下一句，预示着李调元将会有超人的文学才华。

有一年夏天，李调元家中来了许多客人，其中不少是蜀中名流。有一位客人曾听李调元的父亲说过，李调元从小就能诗善对，他不大相信，就想试试李调元。当时李调元就站在他父亲旁边。夏日天气炎热，客人们一边摇扇一边抽烟。这位客人便以当时情景出了一个上联，要李调元对出下联。他的上联是：

吸烟摇扇，目前风云聚会。

抽烟的时候吞云吐雾，再用扇子一呼扇，可不是"风云聚会"嘛。客人们交头接耳，都说此联难对，父亲也觉得有些刁钻。不料，李调元稍加思考，朗声对道：

撒尿放屁，胯下雷雨交加。

李调元话音刚落，客人们哄堂大笑。这对联看似很庸俗，又是撒尿又是放屁的，实际上是人家李调元在打比方，放屁就是打雷，撒尿就是下雨，所以“胯下雷雨交加”。虽然不太雅，但孩子反应真够快的，满座客人啧啧称奇。

私塾先生走了之后，李调元就上学了。可是入学的时候，李调元生了一身疥疮，奇痒无比。所以，上课的时候，李调元不停地搔痒。先生赵亮看见了，出一上联和李调元开玩笑：

> 抓抓痒痒，痒痒抓抓，不抓不痒，不痒不抓，越抓越痒，越痒越抓。

先生也很有才，把抓痒的特点写出来了，抓痒是因为痒，可有时会越抓越痒，然后越痒越抓。李调元听了既难为情，又很气愤，“我都痒成这样了你还笑话我”，顿时忘了尊卑，对着先生说出了下联：

> 生生死死，死死生生，有生有死，有死有生，先生先死，先死先生。

下联既有古人讲的生死轮回，又暗骂先生该死。先生听后不但没有生气，反而以有这样的学生而自豪。再说李调元，话说出了口便后悔了，先生就是和自己开个玩笑，自己怎么能出言不逊咒先生死呢？但说出去的话泼出去的水，收不回来了，李调元立即向先生赔礼道歉。甚至到了晚年，李调元还将此事告诉儿孙，要他们引以为戒。

入学之后的一个春天，李调元跟随父亲和老师赵亮出外散步，到郊外感受一下田园风光。他们来到一个地方，赵亮看到一户农家正在碾米，就对李调元说：“我给你出个上联对对？”李调元很有礼貌地请老师讲。赵亮指着碾子说：

一木压磙调圆。

碾子又叫石磙，这里说的是推碾子碾米，但“调圆”谐音李调元的名字。李调元抬头看见前面不远处有座寺庙，庙前有一根灯杆，灯杆在两个石头中间固定着，上面挂着九莲灯。李调元指着灯杆对老师说：

两石夹柱照亮。

灯就是用来照亮的，妙的是“照亮”和老师的名字“赵亮”谐音。赵亮乐得哈哈大笑。

父亲批评李调元对老师不敬，赵亮忙说：“赵亮对调元，妙得很，不妨事！”父亲见赵亮不怪，深知老师对儿子的欣赏，深深感谢。父亲看到前面房檐下挂着一个蜘蛛网，转头对李调元说：“儿子，我也给你出个上联，你来对对看？”李调元点头。父亲念道：

蜘蛛有网难罗雀。

表面意思是蜘蛛网是不能用来逮麻雀的，话外之意却是“你小小年纪能有多大学问？你老师那是在让着你”。李调元听出了父亲批评的意思，可是他不那么想，他说：

蚯蚓无鳞欲成龙。

借蚯蚓说出了自己的抱负，蚯蚓虽小，也有成龙的愿望。父亲和老师相视一笑，赵亮直夸李调元将来会有出息。

李调元在家里排行老五，前面有四个哥哥。老李家对孩子们娶亲要求很严，不能剜到篮里就是菜，那得挑挑拣拣，非识文断字的姑娘不能进李家的门。所以，李调元的嫂子们也都称得上是才女了，这中间最出色的大概要数三嫂了。一年端午节，嫂子们在忙活着蒸粽子，李调元嘴馋到厨房看看熟了没有。一进厨房看到三嫂正从笼屉上往筐里拿粽子呢，熟了。李调元满脸赔笑，说："三嫂，先给我拿个尝尝如何？"

嫂子们一向喜欢这个小叔子，觉得他才思过人，出口成章，是家里的千里驹。三嫂边往筐里放粽子边说：

五月五日，五叔厨房讨粽子。

五月五日就是端午节那天，四川当嫂子的称呼老公的弟弟为叔叔，这是随着孩子叫的。三嫂的一句话里面叠用了三个"五"字，所以比一般的对联显得难度大一点。加上一个"讨"字用的分量有些重了，李调元有些不高兴。李调元看见橱柜里放着油炸的糍粑，于是说不要粽子了要糍粑。三嫂笑着说："你可真够眼尖的，那是昨天夜里我和你其他几个嫂嫂舂到半夜才做好的。答出我刚才的上联，拿给你吃，要不然想都不要想。”

李调元见嫂子这么认真，只好拿嫂子刚才说舂糍粑的事对下联：

三更三点，三嫂檐下偷糍粑。

三嫂故作生气：“我忙活了半夜你怎么说我‘偷糍粑’呢？”李调元反驳说：“那谁让你欺负我说我‘讨’呢？你能用‘讨’，我为什么不能用‘偷’？”三嫂一听，在这儿等着我呢，一笑说：“好了，五叔，算我有错在先。我改还不行吗？”于是三嫂将上联改为：

五月五日，五叔厨房吃粽子。

李调元见嫂子改了，这还差不多，于是也跟着改了：

三更三点，三嫂檐下舂糍粑。

这一改，厨房里传出来欢快的笑声。

李调元的妻子也是才女一个。一次李调元散步，不小心踢翻了一个孩子用三块小石头垒成的桥，孩子叫它“磊桥”。小孩子非要李调元赔，李调元看孩子顽皮，就故意逗他：“我如果不赔如何？”小孩说：“不赔就对个对子再走。”李调元哈哈大笑，说：“好好，你出对子吧。”孩子气哼哼地说：

踏倒磊桥三块石。

一是说李调元把自己的“磊桥”踏翻了，二是讲自己的桥是三块石头垒成的，三就是“磊”字拆开就是三个“石”字。这下，李调元被这个小孩子难住了。回到家里一说，妻子在纸上写了一个“出”字，然后拿起剪子从中间剪开了。李调元恍然大悟，拍手叫好，妻子这是在告诉他下联：

剪开出字两重山。

看来，李调元妻子的才华也不一般。

李调元严谨成对

既然说到了李调元的妻子，就再来讲一个他和妻子的对联故事。李调元生性刚直，他常常奉行白居易的几句话：“我有鄙介性，好刚不好柔。勿轻直折剑，犹胜曲全钩。”也正是因为这样，他得罪了和珅，被充军流放到新疆伊犁，能活着回来已经很不容易。他后来被赦罪回到家里，夫妻久别重逢，感慨万端，说不完的话化成了对联。妻子哽咽着说：

月圆月缺，月缺月圆，年年岁岁，朝朝暮暮，黑夜尽头方见日。

“月圆”“月缺”回环往复，一天天一月月一年年就这么等着盼着，说出了妻子在李调元被流放期间内心的煎熬。李调元眼泪潸然而下，动情地说：

花落花开，花开花落，夏夏秋秋，暑暑凉凉，严冬过后始逢春。

李调元说自己在贬地经历了好长时间，总算是皇帝开恩又回来了。

在一旁侍立的丫鬟替主人高兴，说：“夫人出的上联好，老爷对的下联妙。为什么不用羊毫笔写到红绫纸上做个纪念呢？”一句话触动了李调元的妻子，她又出了一个上联：

羊毫笔写红绫纸。

结果这个上联把李调元难住了，“羊毫笔”和“红绫纸”是笔纸相配，而且第一个字是动物，第五个字是颜色，不好对。李调元一直到睡觉时都没有想出来下联。第二天早上起床，他在院子里踱步，又想起了妻子昨天的那句上联。这时，李调元听到丫鬟在对其他几个家人讲这件事，大家七嘴八舌议论起来。丫鬟说：我觉得我晒衣服就是个下联：

鹿角杈晾紫罗裙。

李调元刚要称妙，正在收拾柴火的厨子说话了：我这里也有一对：

牛鼻索捆青枫柴。

李调元的书童也接了一句：老爷常说我是‘猪拱嘴’，我就对个：

猪拱嘴吃青海椒。

坐在门口的补鞋匠说：我觉得还是我的更顺口一些：

马蹄刀切黄牛皮。

李调元不得不惊叹这些对子都能很工整地对上夫人的上联。李调元回到房中，对夫人说："我用'马蹄刀切黄牛皮'来对你昨天的上联。"夫人疑惑地问："夫君不补鞋子，怎么会想到'马蹄刀'呢？"李调元也不隐瞒，就把刚才听到的家人们的对话学了一遍。李调元说："诗文发于情理，对句生于情景，光靠苦思冥想无病呻吟，看来是不行的。家人们虽然文墨不多，但有生活，因此才能对得如此自然。这或许就是孔夫子所言'三人行，必有我师'之意吧。"夫人见李调元从一件小事中竟能悟出这些道理，而且那么坦诚，不禁对他更加敬重。

也只有处处留心，才能化被动为主动。李调元被调任广东学政的时候，湖南抚台宴请他，在洞庭湖畔召集当地文人墨客齐聚一堂。其中有一位候补道不知天高地厚，觉得自己擅长对对子，想卖弄一下才华，于是向李调元提出来："李大人，在下不才，爱好对句，愿向李大人请教，以助酒兴。"大家本来就是为自己饯行，李调元自然不能扫了大家的兴。说话之间，岸边一棵李子树上掉下个李子，扑通一声掉进了水中，这引起了那位候补道的注意，他开口说：

李打鲤，鲤沉底，李沉鲤浮。

树上的李子掉下来打着了水中的鲤鱼，鲤鱼害怕沉到了水底，等到李子沉下去的时候，鲤鱼又浮上来了。这个上联的妙处就在于李子的“李”和鲤鱼的“鲤”谐音，另外先是鲤鱼沉，后是李子沉。

当时正值春末夏初，百花争艳蜂蝶飞舞，这些蜜蜂时而遇风落到地上，时而又飞了起来，继续在花丛中采蜜。李调元触景生情，马上对出了下联：

风吹蜂，蜂扑地，风息蜂飞。

蜜蜂遇到风就落地，风停了再继续飞，刮风的“风”和蜜蜂的“蜂”谐音，所有在场的人无不拍案称妙。那位候补道自然也非常佩服，他又想出一个上联：

四维罗，夕夕多，罗汉请观音，客少主人多。

这次他又用了拆字联，“四维”合到一起是个“羅”（“罗”字的繁体），两个夕阳的“夕”是个多，佛教有十八罗汉和五百罗汉之说，可是观音菩萨只有一个，所以“罗汉请观音”肯定是“客少主人多”。这个对联也暗指当时的聚会除了李调元是客人，其余都是主人。李调元听他说完，把杯中酒一饮而尽，取出随身携带的《西厢记》说：

弓长张，只只双，张生求红娘，男单女成双。

“弓”和“长”合到一起是个“张”字，两个“只”是个“双”，古代的“只”写作“隻”，“双”写作“雙”，所以一个“雙”就是两个“隻”。《西厢记》中的张生求崔莺莺身边的丫鬟红娘做媒，红娘和莺莺是两个女的，成双，而张生是一个男的，所以“男单女成双”。李调元的下联不仅用典有据，出自《西厢记》，而且对仗严密，另外内容上也针锋相对，上联说男多女少，下联则成了男单女双。

听着这些故事，我们可能会觉得李调元对对子很随意。其实不是那么回事，除了小时候对那个撒尿放屁的，应该说他的对联都是经过缜密思考的。比如前面讲的他被那个垒桥的小朋友给难住了，要说以李调元的才华，随便对一个下联应该不成问题，不就是玩个文字游戏吗？可是他还是要经过思考对出一个认为最合适的。这就反映出了李调元为人严谨、干事认真。这是值得后人学习的。

还有一件事也表现出了李调元严谨认真的优秀品质。李调元任两江主考时，他的一位朋友请他到家里吃饭，席上用名贵的鱼招待他，李调元赞不绝口。朋友说这是自己养的鱼，可以送他几条，但条件是必须答出他的对联。李调元欣然答应。两个人来到鱼塘边，朋友指着水中自由自在的游鱼说：

青草塘内青草鱼，鱼戏青草，青草戏鱼。

鱼塘内长着很多青草，还养着不少草鱼，这些鱼在塘内的青草间嬉戏，青草来回摇摆，又好像是这些青草在逗这些鱼儿。既有景又有情，青草既指池塘内的草，又指养的草鱼。

李调元左思右想对不上来。朋友见此情景，就说：“你先把鱼拿走，改日再告诉我下联。”可是李调元不好意思地说：“我们有言在前，不能无视前言。等我对好下联，再来取鱼。”说完，告辞回家了。转眼间半年过去了，这天李调元出城游春，看见油菜花一片金黄，一个姑娘在油菜地里慢悠悠地走着，身上沾满了金黄的花瓣。李调元眼前一亮，踏破铁鞋无觅处，得来全不费功夫，这不就是对青草鱼的下联吗？李调元转身回家，取出纸笔，很潇洒地写道：

黄花田中黄花女，女弄黄花，黄花弄女。

“黄花田”就是油菜地，“黄花女”就是指没有出阁的姑娘，因为姑娘在油菜地里找路前行，所以“女弄黄花”，可是姑娘在一弯腰一直腰之间，身上沾满了油菜花瓣，所以说“黄花弄女”。他写好之后，再仔细看看没有问题，让家人给朋友送去。朋友感叹一声：“不就是个对联嘛，竟然如此认真！”边说边去给李调元捞鱼了。

对联频频显气格

林则徐是中国清朝后期政治家、思想家和诗人，他官至一品，曾任湖广总督、陕甘总督、云贵总督等官职，两次受命为钦差大臣。因为林则徐主张严禁鸦片，抵抗西方侵略，坚持维护中国主权和民族利益，深受全世界中国人的敬仰，史学界称他为近代中国“开眼看世界的第一人”。

林则徐小时候也是一个神童。有一天，一位老先生听说林则徐的父亲对对联很厉害，专门到家里来拜访。林则徐因为不认识他，就问他是谁，老先生觉得自己名气大竟然还有人不知道自己是谁，很生气。他看见林则徐光着脚丫子在玩小鸭子，就出了个上联：

鸭母无鞋空洗脚。

父亲在想下联的时候，林则徐脱口而出：

鸡公有髻不梳头。

老先生一听觉得他对得很好，但仔细一想，就觉得林则徐是在讽刺他的外表，生气地走了。

父亲也觉得儿子对得妙，就问他想要什么奖励。林则徐说想去父亲的学堂上学，父亲觉得他年纪太小怕跟不上，但又爱子心切拗不过他，只好答应让他试一试。第一天上课，林则徐由于坐在后面，看不见也听得不是很清楚，左看右看自言自语，被父亲误认为不专心。父亲很生气，说他要是跟不上就回家放鸭子。后来林则徐认真学习，不断进步。一次，父亲带领同学们去爬山，在山顶，父亲让大家以“山”和“海”为题做一副对联，而且还要把两个字嵌入上下联中。林则徐很快就做了出来：

海到无边天作岸，

山登绝顶我为峰。

气势宏大，志向高远，父亲大为赞叹。

科举时代有童子试，在清代这是科举考试中的第一步。林则徐去参加童子试时还小，因为人群拥挤，父亲便让他骑在自己肩上。主考官玩笑道：

以父作马。

父亲很尴尬。林则徐则大声回应：

望子成龙。

林则徐的下联，既解了父亲的尴尬窘迫，又道出父亲盼儿成才的心情，一时传为佳话。

林则徐十三岁中秀才，二十岁中举人。他之所以能取得如此成就，不外乎天资聪颖加上后天勤奋。林则徐有很多谈读书的对联，这对我们今天的孩子们依旧有借鉴意义。比如，他形容自己青年时代苦读的情形说：

家少楼台无地起，
案余灯火有天知。

家里没有房子是因为缺少宅基地，每天夜里书案上灯火摇曳只有老天知道，人们都睡了，所以只有老天爷知道。林则徐步入仕途之后，没有荒废学业，仍然在工作之余孜孜读书。哪怕是在病魔缠身甚至被流放期间，他依旧勤学不倦。他曾经在晚年一次养病时，写了这么一副对联：

坐卧一楼间，因病得闲，如此散材天或恕；
结交千载上，过时为学，庶几秉烛老犹明。

上联是写自己因为生病才休息了几天，可是即便这样他还担心上天会不会宽恕自己；下联讲自古以来人们就强调珍惜学习时光，哪怕是过了求学年龄，到了晚年才想起来读书也不晚，毕竟要比知道而不弥补强得多。这副对联反映了林则徐活到老学到老的可贵品质。

林则徐为官清正廉明，忧国忧民。他在出任江苏廉访使时，曾经在大堂上悬挂了自己亲笔书写的一副对联：

求通民情，

愿闻己过。

上联提醒自己要了解群众的疾苦，下联则表明要能听进别人的批评意见。也是在这段时间，林则徐结交了一位名医叫何书田，这个人不仅医术高明，而且熟知东南形势。何书田曾写了《东南利害策》十三道交给林则徐，林则徐采纳了其中的九道。为了感谢何书田，林则徐亲书对联一副相赠：

读史有怀经世略，

检方常著活人书。

这不仅仅是对何书田医道的称颂，还是对他政治抱负的称誉。后人用“清廉常怀爱国志，医人多负怜悯心”来赞誉这位清官和这位名医的交情。

后来，林则徐担任两广总督，负责查禁鸦片，他又在总督衙门亲自书写了一副对联：

海纳百川，有容乃大；

壁立千仞，无欲则刚。

上联告诫自己要广泛听取各种不同意见，做到集思广益，从谏如流，一个人只有如此才能做出客观准确的判断。下联则是提醒自己要杜绝私欲，做到光明磊落，刚直不阿，只有没有了私欲，才能做到不受外界物欲的干扰。

因为坚持以上的立场，林则徐禁烟取得了巨大的胜利，但是，因为当时政府软弱，特别是道光皇帝昏庸无能，保守派颠倒是非，以功为过，林则徐遭诬陷被撤职充军，流放新疆伊犁。当时，林则徐的心情非常复杂，第一感到冤屈，第二还要服从朝廷这个错误的决定，第三希望皇帝能够重新起用自己。在这种情况下，林则徐写了一副对联：

偶然风雨惊花落，

再起楼台待月明。

林则徐被贬谪新疆伊犁后，大学士王鼎愤愤不平，多次上奏为林则徐辩冤。道光皇帝不准，王鼎气愤不过，写了一道奏章，指责他们嫉贤误国，然后悬梁自尽，以死抗争。道光皇帝为了掩人耳目，只得下诏让林则徐回来，就这样林则徐再次被起用。林则徐从新疆回来后，从1846年8月起，接替邓廷桢担任了陕西巡抚。其间因病请假两个月，专程来到陕西蒲城，一方面养病休息，一方面来到王鼎故里，为这位肝胆相照的朋友守“心丧”两个月。当时，林则徐住在王鼎族弟家中。林则徐在蒲城写过不少匾额、条幅、对联、扇面等。其中有一副对联写得格外沉痛，表达了对王鼎的深切悼念和无比崇敬的心情：

容膝易安亲人无乌，

会心不远过眼云烟。

“容膝易安”出自陶渊明的《归去来兮辞》，意思是说住在小屋里反而容易安适，那意思是如果王鼎没有从政没有为自己鸣不平，可能会过得很舒适。“会心不远”本是佛教用语，此处指王鼎与自己是真正的相知，但遗憾的是他已经因为自己失去了生命。

林则徐还沉痛悼念过另一位朋友，他是水师提督关天培。1841 年 2 月 26 日，虎门炮台失陷，水师提督关天培为国捐躯。据说，关天培牺牲时尸体屹立不倒，入殓时面色如生，连那些英国人都叹服他的民族气节。林则徐悲恸不已，在充军途中，亲书挽联一副，挂在江苏淮安“昭忠祠”内关天培神像两侧。对联是这样的：

六载固金汤，问何人忽毁长城，孤注空教躬尽瘁；

双忠同坎壈，闻异类亦钦伟节，归魂相送面如生。

六年固若金汤的炮台怎么就一下子败了呢？林则徐这是对在上位者的拷问。因为奸人自毁长城，导致水师提督关天培白白丧失了性命。“自己和关天培都是忠臣，但命运无不坎坷，听说侵略者也钦佩你的气节。我看着你的塑像，就好像再次与你相聚！”字里行间充满了对卖国求荣的投降派的极度愤慨和对宁死不屈的民族英雄关天培的钦佩和怀念。

任公傲对封疆吏

梁启超是中国近代著名的政治家、思想家、史学家、文学家、教育家，广东新会人。他在学术研究领域涉猎广泛，在哲学、文学、史学、经学、法学、伦理学、宗教学等领域均有建树，以史学研究成绩最显著。学界常尊他为梁任公。据他自己说，幼年时从师学习，“八岁学为文，九岁能缀千言”。我们现在很多孩子马上都初中毕业了，写篇三五百字的作文还搜肠刮肚呢！十七岁时，梁启超中举。后从师于康有为，成为资产阶级改良运动的宣传家，参与戊戌变法。变法失败后，他与康有为一起流亡日本。在去日本途中还有一个笑话：他担心到日本言语不通，所以夜里突击学习日语，第二天早上他对别人说：“日语真难学，费了我一灯油。”从这个笑话里也可以发现他有多么聪明。我们都知道他的《少年中国说》，这是他的代表作，针对中国现状，分析透彻，说理条理清楚，运用一连串比喻、排比等修辞方法，行文一泻千里，文章呈现出大气磅礴的风格。

梁启超自幼聪慧，远近闻名。他六岁那年，有一次在家里爬梯子，很危险的，可是小孩子全然不觉，这就是无知无畏。爬到上面低头往下一看，爷爷正满脸惊慌地看着他，唯恐出现什么意外。梁启超笑着对爷爷说：

有人在平地，
看我上云梯。

语意天然成对，而且寓意很好，“上云梯”不就是平步青云将来能够大有作为吗？说得再直白一点就是将来能当大官。古人非常讲究这个，从一句不经意的话中发现孩子的天分和前途，然后着力培养。

一天，父亲带他去朋友家做客。一进院门，他便被院中一株茂盛的杏花迷住了，于是顺手折了一枝，藏在袖筒里。古代的袖子都比较大，很多东西经常搁到袖子里。这一举动被父亲和朋友的家人看到，碍于面子，都没有当面责备他。进到厅堂坐下后，梁启超的父亲始终为儿子的举动感到不好意思，想暗示儿子一番，便对梁启超说：“开宴前，我出上联，你对下联。对得妙，方可举箸，否则，只能在一旁为长辈们斟酒。”梁启超欣然应允。酒菜摆上后，梁启超的父亲略加思索，出了一个上联：

袖中拢花，小子暗藏春色。

梁启超听了一惊，恍然大悟，原来父亲发现自己偷折杏花了，父亲这是在暗示自己。梁启超不免有些羞愧，便对道：

堂前悬镜，大人明察秋毫。

话音刚落，掌声四起，喝彩声不绝。父亲为儿子的妙对感到欣慰，梁启超也不好意思地笑了。自此，梁启超的机敏善对更加出名，引得不少人向他请教。

当然，有时候是打着请教之名考试，甚至是挑战梁启超的。有一个叫李兆镜的秀才就是这种心理，他想和梁启超过过招。他见到梁启超虽然是连作揖带拱手的，实际上透着不屑。他的上联是：

推车出小陌。

这一看就是写做小生意的，整天推着车子在路上为生活劳碌奔波，没有一点格局气度。梁启超应声答道：

策马入长安。

无论是气势还是格局，都要比李兆镜的上联大得多。长安是汉代、唐代的都城，是全国的政治、经济、文化中心，是那些有政治抱负之人的向往之地，后来很多人就用长安指代京城。梁启超的这个下联意思就是进京当高官成就更大的功业，抒发了自己的政治抱负。

光绪年间，博学年轻的梁启超路经武昌，遵照老师康有为的嘱咐，去拜谒湖广总督张之洞。梁启超递上拜帖，张之洞见梁启超的拜帖上署名是“愚弟梁启超顿首拜”字样，心里非常不高兴，心想：你一个青年学子有什么资格与我这个封疆大吏称兄道弟？真是狂妄无礼！如果不是康有为的面子，我都懒得见你！本不打算接见，又考虑到是康有为推荐来的，只好传见。但心里决定，“既然你这么狂傲，我就考考你，杀杀你这不知天高地厚的傲气”。一见面，张之洞也不给梁启超安排座位，铁青着脸哼出一个上联：

披一品衣，抱九仙骨，狂生无礼称愚弟。

那意思是：“我是朝廷一品大员，你就是个书生，咱俩差着级别呢，怎么能如此狂傲和我称兄道弟呢？”梁启超见张之洞如此自大，全然没有礼贤下士的姿态，也很生气，就不去管那么多礼数了，站在那里昂首挺胸回答：

行千里路，读万卷书，侠士有志傲王侯。

“你虽然是一品大员，我则是饱读诗书的学者，你看我是狂生，我则说自己是为国为民的侠士。”梁启超的下联显得不卑不亢！张之洞一惊，心里暗暗佩服，不过马上又进一步以势唬人，再抛出一个上联：

四水江第一，四时夏第二，老夫居江夏，谁是第一，谁是第二。

此联出得乖巧：从字面上看，长江、黄河、淮河、汉水称为“四水“，其中长江排在最前面；春、夏、秋、冬称四季，其中夏天排第二；“江夏”就是“武昌”，是湖广总督办公所在地。“现在我驻在这‘江夏’之地，究竟是第一还是第二呢？”这是表面意思，张之洞其实是说：“我是驻守在江夏，统管华中半壁河山的封疆大臣，又是非我莫属的‘江左学者’，你敢在我面前称‘行千里路，读万卷书’？现在你我二人之间，谁大谁小，谁强谁弱呢？”张之洞真是咄咄逼人，不可一世。

梁启超完全没有被张之洞的气势给吓唬住，他面对这泰山压顶之势方寸一点也不乱，完全是泰山崩于前而面不改色，非常从容地以“儒、释、道”三教和“天、地、人”三才脱口对出下联：

三教儒在前，三才人在后，小子本儒人，岂敢在前，岂敢在后。

下联对得绝妙：论三教，儒教在前，论三才，人应居后，我这个儒教之人，就不居前也不居后吧。真是既针锋相对，又有礼有节，不卑不亢。张之洞心悦诚服，当即以礼相待。

民国16年二月初五也就是1927年3月8日是康有为七十岁（虚岁）寿辰。梁启超带着家属和孩子们亲自到上海为恩师庆祝，而且工笔楷书写了一副寿联：

述先圣之玄意，整百家之不齐，入世以来年七十矣；

奉觞豆于国叟，致欢欣于春酒，亲受业者盖三千焉。

康有为是近代儒学巨子，所著对深奥玄妙的古代典籍予以通俗易懂的阐述和发挥，对历代争论不休的百家异说也表明自己的见解和观点。上联中“述先圣之玄意，整百家之不齐”说的就是这个意思。末句紧扣寿龄七十。下联前两句是汉代张衡《东京赋》中的成句，借指恩师康有为是受国人尊重的寿翁，为之献美酒佳肴。末句用孔子“弟子三千，贤人七十”之典，颂扬恩师如孔子一样桃李满天下。康有为是政治上有明显功过的人，但此联祝寿不涉及功过是非，只盛赞其学术成就，以隽美的文辞烘托喜庆气氛，所以在当时众多贺寿联中显得非常突出。

徐志摩是梁启超的弟子，是著名的现代诗人，特别是他那首《再别康桥》为传世经典。梁启超曾经为徐志摩写过一副对联：

临流可奈清癯，第四桥边，呼棹过环碧；

此意平生飞动，海棠影下，吹笛到天明。

这副对联的特征是梁启超集宋代六位词人的六首词而成。上联三句，首句出自吴文英《高阳台·丰乐楼分韵得如字》，次句出自姜夔《点绛唇·丁未冬过吴松作》，末句出自陈允平《秋霁·平湖秋月》。下联三句，首句出自李祁《西江月·云观三山清露》，次句出自洪咨夔《眼儿媚·平沙芳草渡头村》，末句出自陈与义《临江仙·夜登小阁忆洛中旧游》。上联写的是1924年4月12日，印度作家、诗人、社会活动家泰戈尔应邀访华，14日诗人徐志摩陪同泰戈尔畅游杭州西湖，23日徐志摩又陪他到北京名刹法源寺欣赏丁香。下联描述了徐志摩曾在“海棠花下”通宵达旦作诗的佳话。一副十五言联，竟然集了宋代六位词人的词句，不仅对仗工整，而且饶有意境，缘事而述，一气呵成。

后 记

我小时候家里穷，不像现在的孩子有很多玩具可以玩，有很多电视节目可以看，20 世纪 80 年代初期孩子们的娱乐文化是很匮乏的。我们农村的小朋友最喜欢玩的大约也就是捉迷藏、滚铁环了。我那个时候最渴望过年，不是为了吃点好的满足口腹之欲，而是因为全村家家户户都贴春联，我会跑大半个村子看春联。当时看春联的目的也不是感受春联带来的节日气氛和春联本身的文化，而是为了炫耀自己认字。就这么简单。当自己大声把春联念出来的时候，如果能得到别人一两句赞扬，心里总是美滋滋的。年复一年，随着农村春联内容的变化，我的生命中留下了很多不一样的记忆。

后来我从事教学工作，在讲述诗歌对仗或某位作家的逸闻趣事时，总忘不了适当引用教材之外的对联故事，既活跃了课堂气氛，又形象地传达了课堂内容，很受学生欢迎。

这或许是从小的积淀在起作用。2013 年 8 月，我在中央电视台《百家讲坛》录制的《隋唐考场风云》播出，受到了河南电视台《传承》栏目组的关注。栏目组编导王芳和我取得联系后，我就成了《传承》栏目的常客，相继录制了《考场那些事儿》《中原名寺》《风雨上阳宫》等系列节目。

2014 年寒假，我突发奇想，打算把自己脑子里记忆的并经常在课堂上用到的那些对联按照时代顺序集中地进行故事性呈现。我的这一想法得到栏目组的肯定。于是就在那个寒假，我写出了底稿，取名“名人妙对”，并于 2014 年年底至 2015 年年初播出。节目播出取得了不错的效果，很多观众和我联系，有向我推荐对联故事的，有向我介绍自己对联成果的，有和我探讨对联技巧的；有一位许昌的观众两次写信和我探讨“天下第一奇联”，甚至有观众建议我把题目改为“名人说名人妙对”等。对此，我也沾沾自喜，毕竟向大家介绍了自己知道的事情，这就是一个老师的价值。在节目播出之前，大象出版社的管昕编辑和我联系，问我有没有出版计划，我就把这个节目底稿给了她，有幸被列为该社 2015 年出版项目。这是一件没有想到的事情，因此真诚感谢大象出版社的鼓励、支持及编辑们所付出的辛勤劳动！

需要指出的是，书稿对节目底稿作了一些修改和调整；另外书中所讲到的对联故事未必是真的，而且这些故事大概也经不住学术考证，请读者朋友不要当作严肃的学术著作来较真。不过，虽然只是故事，其中也不乏值得学习的地方。比如苏轼虽然被贬，却能在贬地自得其乐，表现出他的豁达心胸；郑板桥用对联讲文章写作的妙法“删繁就简三秋树，立意标新二月花”，及对待评价的态度“隔靴搔痒赞何益，入木三分骂亦精”，放在今天依旧具有现实意义。再比如王尔烈的清廉、李调元的严谨、梁启超的博学，都是值得今人学习的。

又是一年春节到，院子里的孩子们很热闹，街上也不停地传来鼓声。去年的春节假期，我就是在这样的节日气氛中坐在书桌前编写稿子，今年春节前我完成了对书稿的修改，看来这就是早年大半个村子跑着看春联的回报！

王士祥

2015 年 2 月 18 日